本色文丛·柳鸣九 主编

榆斋弦音

——张玲散文随笔精选

张 玲／著

深圳出版发行集团
海天出版社

图书在版编目（CIP）数据

榆斋弦音 / 张玲著. — 深圳：海天出版社，2012.9
（本色文丛 . 第 1 辑）
ISBN 978-7-5507-0517-3

Ⅰ.①榆… Ⅱ.①张… Ⅲ.①散文集－中国－当代
②随笔－作品集－中国－当代 Ⅳ.①I267

中国版本图书馆CIP数据核字（2012）第204748号

榆斋弦音
YUZHAI XIANYIN

出 品 人	尹昌龙
出版策划	毛世屏
责任编辑	林星海　陈　嫣
责任技编	蔡梅琴
装帧设计	Smart 斯迈德设计 0755-83144228

出版发行	海天出版社
地　　址	深圳市彩田南路海天大厦（518033）
网　　址	www.htph.com.cn
订购电话	0755-83460293（批发）0755-83460397（邮购）
印　　刷	深圳市华信图文印务有限公司
开　　本	787mm×1092mm　1/32
印　　张	8
字　　数	127千
版　　次	2012年9月第1版
印　　次	2012年9月第1次
定　　价	29.00元

张玲，女，1936年生，1958年毕业于北京大学中文系。诗人、学者、著名翻译家。中国社会科学院外文所编审、中国作家协会会员，中国翻译家协会授予"资深翻译家"衔。

1988年以来赴英、加、美、澳洲、欧陆等国讲学游学，曾被聘为伦敦狄更斯博物馆荣誉中文顾问，国际哈代学会终身荣誉会员。

主要著、译（含合译）有《哈代》（评传）、《英国伟大的小说家狄更斯》（评传）《画家宗其香》（传记）、《旅次的自由联想》（散文集）、狄更斯《双城记》、艾米莉·勃朗特《呼啸山庄》、简·奥斯丁《傲慢与偏见》、拉德克利夫·霍尔《孤寂深渊》、乔治·爱略特《牧师情史》、《哈代中短篇小说选》等。

总 序

◎ 柳鸣九

　　深圳海天出版社似乎颇有点"散文随笔情结"，前几年，他们请季羡林先生主编了一套"当代中国散文八大家"丛书，效果甚好。于是，他们再接再厉，去年又策划出新的书系"世界散文八大家"。可惜此时季老先生已经仙逝，他们只好等求其次，请柳某出面张罗。此"世界八大家"，召集实不易，飘洋过海，总算陆续抵岸。但书系尚未全部竣工之际，海天又策划了一套新的文丛，以现今健在的著名文化人的散文随笔为内容。大概是因为柳某与海天已有一次愉快的合作，自己也常写点散文随笔，又身居"人杰地灵"的北京，便于"以文会友"，于是，海天又要柳某出面张罗。这便是这套书系产生的来由。

　　什么是散文随笔？前几年，一位被尊为大师的权威人士曾斩钉截铁地谓之为"写身边琐事"。我曾努力去领悟其要义，但就自己有限的文化见识，总觉得这个定义似乎不大靠谱。就"身边"而言，散文随笔的确多写与自己有关的人或事，但远离自己的人与事入文而成经典散文者实不胜枚举；就"琐事"而言，散文随笔写人写事确讲究具体而微，知微见著，以小见大。但以经国大业，社稷宏观，高妙艺文，深奥哲理为内容的名篇也常见于青史。不难看出，对于散文随笔而言，"题材不是问题"，任何事物皆可入散文，凡心智所能触及的范围与对象，无一不可成就散文也。故此，窃以为个人心智倒是散文的核心成份。那么，究竟何谓散文呢？散文的基本要素究竟是什么呢？如果用定义式的语言来说，散文就是自我心智以比较坦直的方式呈现于一定文学形式中，而自我心智者，或为较隽永深刻的自我知性，或为较深在真挚的自我感情。说白了，如果是思想见解，当非人云亦云，而多少要有点独特性，多少要有点嚼头与回味；如果是情感心绪，那就必须是真实的、自然的、本色的、率性的，而要少一些矫饰，少一些虚假，少一些夸张。是的，尽可能少一些，如果不能完全杜绝的话。诗歌中常有的那种提升的、强化的、扩大的感情似乎入散文不宜，还是让它得其所在诗歌里吧。至于"一定的语言文学形式"，不外意味着两点，一是非韵文的，这是散文有别于诗歌的最明显的标志；二是要有一定的修饰技巧，一定的艺术化，这则是散文随笔不同于公文告示、法律条文、科普说明以及各种"大白话"的重要标志。

这便是我所理解的散文随笔。我在自己的学术专业之外也经常写一些散文随笔，就是按照自己以上的理解来"炮制"的。今天，我被委以主编重任，也是按照自己以上的理解来操作的，至于我在自己的散文随笔中是否完全实践了自己的理念，是否达到自己的理念，在这次主编工作中是否有不合理、不入情的要求与安排，那就很难说了。呜呼，知与行的脱节与矛盾，人的永恒悲剧也。

出版社策划这个书系的时候，规定约稿对象为当今的文化名家。当今的文化名家种类何其多也：有在荧屏上煽情与讲道的主持人，有靠摆Pose与哭功而大富特富的影视大腕，有靠搞笑与搞怪的演艺奇才……人人都在写散文随笔，这大有成为当今散文随笔的主旋律之势。但按我个人的理解，这里所讲的文化名家不外是两种人，即具有作家文笔的著名学者与具有学者底蕴的著名作家，这两者的所长正是我对何为散文理解中所谓的"心智"这一大成份。由于我自己的圈子所限，这一辑的约稿对象全是上述的第二种人，即具有作家文笔的著名学者，而且基本上都是弄西学的学者或游学国外多年的学者，多散发出一点"洋味"的人。

学者写散文似乎有点"不务正业"，有点越界，侵入了文学家地盘。但对于学者来说，特别是对人文学者来说，却完全是性之所致，是一种必然。他本来就有人文关怀、人文视角、人文感情，这种心智状态、心智功能，一触及世间万物，就莫不碰撞出火花。只要有一点舞文弄墨的兴趣、冲动与技能，自然而然就可以产生出有点意思的散文随笔了。虽说舞文弄墨也是一种专门技能，需要培养与操练，但对于弄西学的人文学者来说，整天在世界文库里打滚，耳濡目染，这点技能是可以无师自通的。况且，人文学者于散文更有自己的优势，毕竟，他的知性是向全人类精神文化领域敞开的，他的目光是向全世界各种事物投射的。其散文随笔的题材，自是更为丰富多样，投射观察的目光自是更为开阔高远。而得益于世界各种精神文化的滋养，其可调配的颜色自是更为丰富多彩：说不定，也许我们这个时代有意思的散文随笔正是出自学者笔下呢，学者散文实不容当代文学史家忽视也……

不能再说下去了，再说下去就会变成"王婆卖瓜"啦，不过，我还是相信，这一辑学者散文也许能给文化读者多多少少带来一点不一样的感觉。

2012年5月

目录

中国的、外国的月亮

　　只有正月十五的月亮，堪称冰轮。皎洁清冽，当空高悬，像青石板上镶着一块羊脂玉。今年灯节的月，分外明亮，禁燃鞭炮和使用无铅汽油，应占头功。我和张扬夙喜中秋和灯节赏月。眼前中秋在即，对那提早上市的满街月饼，倒并未十分在意，一心只盼届时遇上个好天气，而不是满天土红色的污浊。正月十五那天，面对冬季的皓月，真是心旷神怡，不禁想起外国月亮比中国月亮如何如何的那个掌故，于是对张扬戏言："这一回，在这儿的外国人，也该说中国的月亮比外国的圆了吧！"

　　去年中秋，我俩倒是好好看了看美国的月亮。那是到科罗拉多州博鲁德市的第二天。居停主蒂姆夫妇特意准备了中式菜肴，甜点，是我们从旧金山中国商城那带来的广式月饼，这让我们几乎忘了他乡逢佳节易于产生的乡愁。饭后，他们上楼准备次日授课，我俩则排扉跨上阳台，对月凝神。

　　博鲁德是一座美丽古老的山城，我们的住所就在城郊山麓。中秋又值雨后,空气格外甘醇。眼前林木葱茏的群山和翠绿芊绵的草场依稀可见。我俩自然而然又谈论起中国和外国的月亮。其实我们中国人向来还是喜欢故乡的月胜过他乡;不然,1000多年前的大诗人杜甫,为什么说"月是故乡明"呢?固然,杜甫似乎没出过国,他的比较,仅限于国内,那么他那时的故乡,显然是未遭空气污染之害的。20世纪50年代末到70年代末,我在大西北也常见到令人赞叹的月,那也是因为那里地广人稀,大气明净。那里正是我的第二故乡。

我们还看到过一次红色的月亮,像初升的太阳,只是少些光焰,那是在英格兰西南海岸的韦默斯海滩,距今已近四年。那日是哈代年会的第五天,白天和晚间的学术和娱乐活动均已结束,圣玛丽教堂的音乐会散后,仍有30余会众麇集不去。大家相呼相携,分头坐入十几辆轿车,顿时,马达嘶嘶,汽车如离弦之箭,鱼贯向韦默斯进发。

这是历届哈代年会中不可或缺的一项特别余兴活动,在午夜的韦默斯海滩上,由会员自己朗诵哈代诗歌。

汽车纷纷在海岸停车处停靠后,哈代的诗友——有英国本国人、有美国人、日本人、叙利亚人,还有我和张扬两个中国人——横穿滨海大街,沿梯走下防波堤,在砾石海滩上席地而坐。哈代学会主席吉布博士率先开场朗诵，随后大家一个接一个举手报名，起身朗诵，争先恐后，从不冷场。

韦默斯是哈代青年时代工作、居住过的地方，也是他小说中常见的地理背景，正如他在《还乡》中所记，它那"弯曲的海岸，像一张弓，环抱着一片明镜似的海水"。白天看，这里玲珑小巧的旅馆鳞次栉比，漆刷得一片雪白，在窗前阶下色彩缤纷的花草装点之下，更加光辉夺目；海滩路边，游人如织。此时将近午夜，游人散去，花草入梦，除有海潮声声叹息，万籁俱寂。游学英国期间，在家庭小聚或大庭广众之中，常常遇到不见经传但却修养有素的人朗诵诗歌，也常感到英诗不是看懂而是经过朗诵才能懂的。坐在韦默斯海滩，听哈代的诗从这些真正理解他的人口中诵出，乍嗔乍喜，或悲或愤，音调表情变化多端，间有交响乐铜镲似的潮声伴奏，更加感到这些诗仿佛不是从文字语言，而是从语流音韵就能听懂大半。我素有朗诵癖，80年代首次参加哈代年会，在大会上朗诵了哈代的反战诗《伦敦的妻子》，先用英文，后用自己的中文译文，当真曾得满堂喝彩。此时听着一首首动人的朗诵，不免有些技痒，无奈初次参加这项活动，事先毫无准备，未敢造次一试。

"看，月亮！"不知是谁首先发出惊叹，众人随声将

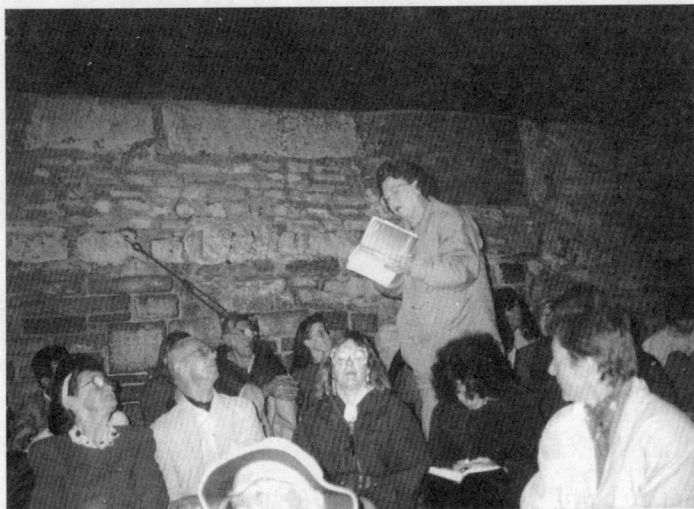

在韦默斯堤滩上的仲夏夜吟诵

目光全都投向海天交界之处。那里，橘红色的月亮，巨大如轮，冉冉升起。

"让我读一首哈代咏月的诗！"一位诗友立即朗诵起来。我在聆听之余，突生一种略带不平的遗憾：只因我们的语言不及他们的普遍通用，我就无法将我们民族那些字字珠玑的诗词佳作直接介绍给他们！突然，一阵心血来潮，我趁这首月亮诗读完，举手起身跑到大家面前，站在抵及脚踵的浪头，先以"散文"作开场白："中国富有诗的传统，诗作言简意赅，意象丰富，音韵明确，是民族文学中的精华。"

随后，就以自幼说唱读诵所用的纯汉语普通话，给这些一点不懂汉语的外国人背诵了李白的《静夜思》。（附带说一句，那嗓音合着水音儿，真比平常清亮得多。真的，我自己能听见！）这首中文诗读罢，张扬又用英语做了一番释义。随后是一阵空前响亮的掌声。后来两天的会上，很多人来问我们中国诗的问题，两位女士还告诉我，她们直接从我读的中文，也能懂得其中的含义。

夜已阑珊，诗友们纷纷起身离开海滩。我俩和我们的英国老友塞尔维亚一起，走向停车场。不知什么缘故，张扬突然轻声唱起："红旗在飘扬……"没想到塞尔维亚会随声附和："嘿，工人阶级团结统一……"这是二战中流行的群众歌曲，张扬是跟当年来华的一位美国专家学会的；塞尔维亚年轻时是工运积极分子，所以对它十分熟悉。

我左手挽着塞尔维亚，右手挽着张扬，三人边走边唱，步调齐整，快捷而又充满活力，真像又都回到了英气勃发的青年时代。登车前，回首再望那海上明月，又红又大，像一轮旭日高悬天际，仿佛黎明已提前到来。

1998年3月18日

悬石坛遐思

"五行"当中无石。它顽固、静止。但一经人手碰过，动过，这力量有时竟胜于自然力，于是我们从这顽固、静止当中，看到了动。悬石坛就是这样一簇古老的人造石林。

初识它，是经哈代，50年前。那印象是凄凉、神秘：伸手不见五指的黑暗，夜风像风琴声嗡嗡作响，红颜薄命的苔丝激情杀人后，仓皇潜逃，借夜色护佑，在此暂憩，以积蓄些许体力和勇气，走完人生最后一程。此一节的配图，有两幅悬石坛内、外景，是英国麦克米伦20年代版费文·格里布的木刻。线条简括，黑白分明，轮廓秀雅，不像美国兰登40年代版弗瑞兹·爱肯伯格木刻《呼啸山庄》那样，夸张得几近歪曲。

初瞻它的真容，则已到80年代。从哈代故乡多切斯特出发，沿英格兰西南乡间汽车路蜿蜒北上——安玑·克莱携苔丝逃亡也是这个方向——一路细雨蒙蒙，两侧除去高大厚密的树篱，一无所见。但一驰上通向古迹的专行线，索尔斯伯且平原上一片高朗荒瘠的开阔地立即跃出眼前，顶端孑然屹立的，就是那簇直径百尺的圆形巨石林。

它现今最常用的译名，是史前巨石群，显然是意译，译者已将它的历史内涵引申、外化。因为这个名字本身，只是由石（stone）与和悬挂有关的古英文字henge组成。在《德伯家的苔丝》那部著名的中译本当中，将它译作悬石坛，也是意译，译者已注意到这簇石林中那些高悬在两柱之上的巨石横梁以及henge的意思。苔丝与安玑议论说，这是古代那个异教的神坛，这确是哈代那个时代早已经通行的认识。如此说，给悬石加上坛，引申得应属贴切。因为汉语中，坛字的首义，就是祭祀场地。哈代如此详述那部小说中最后一个"前景"，下边是为将不幸的女主人公比作对冥冥之中"众神主宰"献祀的牺牲！

近人又有将它称作巨石阵的，且不说未能传达henge所包含的信息，这名词的"阵"，在我们的语言中，总与战争有关。比如我们峡江岸边那座至今扑朔迷离的"八阵图"。索尔斯伯里平原，固然自古是兵家必争之地，莎士比亚历史剧即常以它为场景，但并未涉及这一古迹；这里又曾是强人出没的所在，英格兰一首民歌唱道：

我走在索尔斯伯里大平原，

哦，遇到个轻狂美少年。

他对我又是亲吻又引诱，

哄得我终于跟他走。

我们最终进酒铺，

假装一对夫与妇。

他叫来黑啤酒、葡萄酒、烈饮料，

直醉得我俩都想睡大觉。

他说"宝贝儿快快脱衣裳，

脱掉你的衣裳来跟我上床"。

她说"你想让我真这样，

可得不再理别的新姑娘"。

别怕什么新姑娘，

你会安全有保障。

我就要拦路去抢劫，

让你快活得像阔太太一样。

第二天我爱人清早起，

穿穿戴戴好麻利。

他直奔大路扬长去

抢了邮车好几起。

唉，我爱人现已入新门狱①，

时刻等待赴死刑。

求上帝保佑他亡灵，

因我已听到丧钟声。

诚恳、质朴的歌词配上幽婉单调的旋律，与大平原荒寂的气氛十分协调，只让我们略知神坛一度曾有的世俗人文环境，但歌中也没有提到这处著名的古迹。大约战争、抢劫等暴力都有悖神圣，足令施行者对它却步。

为保护文物，石坛外早圈上了界缆，我们只能在数米之外观瞻。那些两丈高百吨重的青岩石柱、石梁以及内圈的低矮砾岩石柱，虽然比起今日的摩天建筑，已不足为奇，但在5000年、4000年、3000年前，上古先民尚在茹毛饮血或只是刀耕火种，为祭祀却一而再，再而三地建造和重建如此规模的工程，这自然是像金字塔和长城一样的奇迹！科学时代视祭祀为迷信，而当时这是理想的追求。原始人衣不蔽体、食不果腹之际，却肯慨然为和平幸福的理想投入巨大精力、体力和时间，这难道不也是一种崇高！

---

① 注：伦敦一座古老监狱。

没有亲临其境的逼视，没有触摸、聆听等感官的领会，它们那些天工与人力协同皴点镂刻的累累沟凹、斑斑锈迹、点点苔痕，已经失去质感和威慑之力，令普通观者产生隔靴搔痒之感。画家则有其独特的顿悟，特纳和康斯特伯，这两位英国最伟大的风景画家，都曾为它写真。他们的视角，并未与普通观者有大区别——尽管当时他们并未遭界缆阻隔。特纳的一幅，是暴风雨中的神坛，牧人给闪电击中，翻倒在地。对大自然的恐惧，还有困惑，是特纳常怀的心态。他的同代人和对手康斯特伯所画，则是雨后尚未完全放晴的时刻，石坛背后乱云翻飞的天幕上，抛下一双虹与霓，大自然已归平静，石柱下坐息的牧人和他在对面柱石上的投影，也都平静。这位足不出国，看重乡土的画家，自然与浪迹四海的特纳不同，英格兰的大自然，是他真正宁馨的家园。

曾有人说悬石坛是不列颠古代凯尔特人祭司"祖依德"（Druid）建寺礼拜之地，但是早被驳回。科学家强调它的远古和史前。但那时这些巨石是怎样从威尔士海岸普瑞斯利山或是从它北面的马尔伯罗丘陵运来？又是怎样树立搭建起来？它和海峡对岸法国布列塔尼沿海那些绵延林立的石丛有无瓜葛？人类为揭开它的层层盖头，已经辛苦了至少800余年。本世纪科学家利用高科技探索、分析、试验，测算出它

初访悬石坛（1988年7月）

的来历、年代、建造方法，又发现了它的天文、历法、气象
以至计算机方面的功能；而怀疑地球原始人创造力的外星学
者又说，它是茫茫宇宙中至今仍为我们所不知的某种外星人
的手艺。无遮无拦的平原，罡风猎猎，吹得人简直难以自
控。看来，哈代将它形容为风神庙，必定是做过实地观察和
体验才下笔的。他这位多塞特郡自然史及考古学会的老会
员，还真确非附庸风雅，徒负虚名！最后又有人发现，这里的
风穿过这些石柱石门发音十分美妙，由此推断这是一座巨大的
露天古乐器。从祭坛到天文、历法、气象台，到计算机，又到

乐器，虽然众说纷纭，但是如果将这些属性或功能综合为一，其实都是举行祭神祀祖仪式及其前前后后之所需。

90年代重访悬石坛，是从伦敦出发一路南下，汽车经快速路转上专道，眼前石坛不在上方，而在脚前的地面以下，居高临下远远俯视，完全成了微缩景观；再加上正值干旱盛夏正午，烈日当空，游人如织，本来是地老天荒深隐避世的一隅，却成了普通的嘈杂公园。我们匆匆游罢，从界缆口走出，迎面走来一帮学生模样的日本青年，簇拥着一个讲美国英语的白人青年，汗衫前胸赫然印着"尊王攘夷"四个汉字。这个金发碧眼的年轻人昂首阔步，面带得色，虽是交臂而过，却令我心生疑问：他和他的伙伴是否真懂这一词组的含义？即便这只是年轻人的调侃，从中也可见那种自以为是，唯我独尊的美国心态。

上车后继续赶路，这帮年轻人以及悬石坛都给抛在脑后，一个抽象的意念却徘徊下去：人类幼稚的时候，也要对不甚了解的东西做种种破译诠释，但都只是暂存。等到一步步成熟，自会一步步修正，完善。别急！

1999年3月17日

补记：

　　此文写于二访英国期间二访悬石坛之后，成文次年，三访英国，有幸初访另一座著名巨石圈，名埃沃伯瑞（Avebury），与索尔斯伯里悬石坛同在威尔特郡，近马尔伯勒丘陵边地。此石圈全由天然巨石块排列组合而成，因年代久远，多有残缺，仅存段段弧形片断。每个石块皆突兀怪异不具方圆，特具形态。石面受长年风蚀、氧化、苔菌滋生，形成天然纹理，颇显鬼斧神工之妙。据考古发现，也是4500—5000前不列颠新石器时代遗迹。

　　此石圈附近，另有一处悬木坛（wood henge），规模形制均类似索尔斯伯里悬石坛，唯其构成材质非巨石而为圆柱形粗短原木，为约4000年前青铜时代祭祀性遗址。此坛似埃沃伯瑞石圈，不设禁栏，游人可自由穿行其间。唯此坛近圆心处，有一小小灰色石堆，其上点缀黄菊数枚及散乱干黄青草，显然是今人所置，作为此处远古曾事以婴儿献祭象征。走近细审石堆，确实酷似仰卧襁褓模样，灰石颜色，则恰似焚烧后之余灰。

　　是年秋，从欧陆再入英伦，小住美不胜收之坎伯瑞地区，又访湖之北端凯斯威克石圈。这里四面环山，石圈恰置山间盆地正中稍稍隆起圆丘之上，亦由不规则状巨石组成。

因处地阴僻、多水，石上长满苔藓而全呈翠绿色。地面则因绿草青苔日积月累，铺成尺厚地毯，其上装点簇簇蕈类。盆地外夕阳正下，盆地内早入黄昏，除我等二三友伴，其他游人早已绝迹，更使人生时空回返之感。

盘桓湖区期间，我们又曾北上苏格兰爱丁堡会友，路经古城卡莱尔附近，于汽车路转弯处，又偶然瞥见道旁似街心公园一处小石圈，匆匆一读标牌，谓之"亚瑟王的圆桌"；三周后又南下威尔士首府卡尔的夫，于其街心亦看到类似小规模石圈，自然皆非古迹。看来，此类石圈，已成英国一种标志性景点，由此亦可见英国人对石圈之兴趣——其实何止英人，在瑞士，从老友埃瑞克及莉莲家中珍藏，也看到有关石圈、石坛的精美图册和著述。实际上，石群遗址，还不止是英国人专利，诸如分布于法国布列塔尼沿岸者，只不过以我辈之鄙陋，至今尚无缘多见。

2007年3月31日

嗨！尼亚加拉

我追寻多少人的足迹来到你的尊前！

还记得那位叫昂纳频的法国传教士吧？传说他是首次发现你的智勇先锋，其实，那应该是欧洲人的炒作。早在不知多少年月之前，你这里不是就已经有人生存、繁衍？至少，在昂纳频神父之前十余年，你的名字已赫然出现在地图上。

"昂圭阿拉"。据说这是印第安的部落语言，意思是"雷鸣般的水声"，或是"在地峡附近"。至于你怎么会由"昂圭阿拉"渐渐变成"尼亚加拉"，迄今聚讼纷纭。然而，印第安人起初给你的名字，不管意思是哪一种，都是富有理性的：你不正是奔腾在大湖间的地峡之中，日夜轰鸣？

蒙昧时代的人——谁知他们是印第安，还是别的什么初民——在为衣食捕鱼行猎的时候，也许刚刚接近你的领地，就听你的砰訇巨响而怯步，从而对你由畏生敬——敬而远之——奉作神明，从未一睹风貌。

还记得那个叫查理斯·狄更斯的热情英国人吗？他年轻

时畅游北美，你曾是他旅途的压轴戏。他就此行所写的那部札记又将多少人引领到了你这里！我也是在20世纪60年代初阅读那部作品之后，开始心仪于你。当年狄更斯来访，代步工具是车与船。他甫下车就投身你的足下，翘首瞻望，整个身心都为你的壮丽所征服。这位敬上帝的小说家从你这里领会到天心帝意，看到天使的眼泪。

从那时至今，又过去了一个半世纪。人类社会增添了更高明的手段，有了飞机、钢桥和摩天高塔，我们看你的第一眼就不再是匍匐仰视，而是登高俯眺。科学家早描述了你的来龙去脉：美加交界处伊利与安大略两湖高低悬殊，伊利的湖水就沿地峡湍湍北泄，倾入安大略，形成这条蜿蜒百余里的尼亚加拉河。又因河床凹凸，高深莫测，河心山羊岛北端合流处的两大断层，形成了两大落差：西侧横向的称加拿大瀑，高150余尺，宽2000余尺，呈马掌形，也叫马掌瀑；东侧竖向的称美国瀑，高160余尺，宽近千尺。其实美国瀑北端由绝壁相隔，还有一条窄瀑，叫做"新娘的婚纱"。

这个美丽的名字，是不是和一个印第安古老感伤的故事有关？据说很久以前你这里一支印第安部落中有个最漂亮的姑娘，她在受命与老朽的酋长成婚之夜，只身驾小舟顺流逃亡，不幸葬身在你脚下的深渊。这条与美国瀑并肩长流直泻

Yuzhai xianyin

的瀑布，真像是少女坠落时留下的婚纱！

还记得那位叫布兰顿的法国杂技演员吗？他首次横跨你的两岸，完成走钢丝绳的惊险表演，距今也近140年了。此后还有骑木酒桶渡过你下游激流的费城汉子格瑞安姆，还有钻进木桶驰过你的垂瀑的密希根河湾城老妇安娜·泰勒，还有只身囚泳游过你的七岁男童罗杰·伍德沃德……你垂泻不息，恣意狂放，对这些络绎不绝的挑战者难道就无动于衷？

现代文明步步进逼你的领地，你仿佛不再神秘，令人敬畏。而像许多已趋市场化的旅游景点一样，你身边又响起了另一种昼夜不停的哗然喧嚣——那是赌场中筹码的瀑布洪流。你是否已经觉察，它也在吸引着成千上万的来客和挑战者？他们中许多甚至是专程为它而来，对你简直不置一顾；但更多的是专程为你而来。即使二者兼顾的人，也怀有两样心肠：以急切的功利和贪欲对它；以净化的虔敬和恬淡对你。不信请看码头上你的那些鱼贯登船的近访者，个个身着带兜帽的雨披，人人弓身鹄望，多么像一心赶赴圣地的朝圣者！

我也走在这样的虔诚门徒之列，披雨衣，登游船，逆流上。美国瀑和新娘婚纱瀑从身侧撤去，我们渐渐接近马掌瀑的核心。水声大作，雾雨翻腾。马掌瀑，变得这样深邃无极。吮吸着太空送来的浩然之气，淋洗着天地配制的自然浴液，这时

驰向马掌瀑（1997年6月）

我才真领会到你那"天魔帝力，鬼斧神工"的杰作，也才真正投身于无限与永恒之中。

当年狄更斯置身于你这奇境时，曾产生绝纯的"和平之感：是心的宁静，是灵的恬适，是对于死者淡泊安详的回忆，是对永久的安息和永久的幸福恢廓的展望……"亲临此境，我才读懂了他的这些段落。你可知道，它们的中译本，正是出自先父之手！他大半生喜静厌动，好借珍藏书画中的山水风物做室内卧游，翻译《游美札记》，才使他得以分享你所给予狄更斯的陶然之乐。

船头调转，我们渐渐驶离马掌瀑。我一路反刍着那些佳辞美韵，默默与父亲作着幽明异路的对话：您确实用汉语中，最恰当的文辞转达了狄更斯，也转达了尼亚加拉。

1998年6月25日

未名湖，我的镜子

一

揽镜自照是人渴望认知自我的行为，是人的原始本能。镜子与人有最初始的理性关系。

最近自然的原始人没有镜子，临水而照就是认知自我的最佳选择。水与人有最亲切天然的关系。

二

少不更事的年代，我步入燕园，身为应届高中毕业生，躬逢仲春五月校庆，享尽北大师友的盛情。繁茂的名花佳木、古典的楼阁亭台、弥漫的书香诗韵，引我初登了学术文化的天堂，未名湖，就在这天堂的第九重。湖那时真是明澈如镜，照出的天格外地蓝，云格外地白，塔格外地雅，花格外地艳。湖也洞照出我的青鬓朱颜，还有我那颗与湖同样明澈的心。就在那时那刻，我填写上唯一的高考志愿：北大、中文。

秋凉，穿越过炎夏的磨砺考验，我如愿以偿。那时的未

湖上背影——作者（右）与林昭（左），
1955年秋。

名湖仿佛跳跃着万千金鲤，在秋阳下闪着粼粼霞光。课后我常负笈悄然奔向湖边，独坐北堤的草地，背我的外语单词，诵我的古诗今文。湖那时也是明澈如镜，洞照出我知福的笑脸，还有我对课业的专注殷勤。

寒冬，湖水凝冻，更似明镜般光滑坚硬。课外运动的时候，我常足蹬冰靴，在冰面飞驰回旋，湖仍能柔情似水地洞照出我举足展翅的身影，也洞照出我年少疏狂豪气冲天的心愿。

阳春，湖水丰沛吻吮着堤石，我常午间偃卧花神庙后的高岗草坪，头枕诗集小睡在蜜蜂的催眠曲中。湖那时明澈而又体贴，洞照出小蜜蜂鼓振的翅翼，还有我那甜美如蜂蜜的梦。

盛夏，湖上送来阵阵凉风，沐着流连忘返的晚霞，我常携知我者二三，环湖飘然漫步，停立石舫遐思。湖上涟漪联翩涌来，衣裾随风飘举，我们仿佛已扬帆远行。那时的湖仍是明澈而又体贴，洞照出我们水晶般纯、烈火般热的友情与爱情。

三

不知愁的两年匆匆掠过，我们经历了空前的风暴。满盛天堂之水的未名湖也历劫遭难，成了破碎之镜。她照出了天的纵横裂缝，云的晦暗峥嵘，花的枯萎凋零，塔的扭曲变形。邪恶的人不再为湖的神圣所震慑，竟面对她弄奸设谋，肆虐施暴，巧取豪夺，湖愤怒得翻滚蒸腾；怯懦者视湖为避难所，将悲叹、眼泪、珍藏以至身躯，尽投她的深底，湖悲伤得愁纹缕缕。未名湖为卑劣的强者与卑琐的弱者污染，她萎缩，溃疡，甚至断流，枯竭。我不愿面对这时的湖，但确信她那是因悲伤、愤怒而痛不欲生、毅然绝食了……我的心，仿佛生出万千毫发，丝丝为她所牵动。所幸，她终又注满新水，绝处逢生，重现妩媚，一如既往地洞照万物。

四

在未名湖亦媸亦妍、亦枯亦荣、亦死亦生的漫长岁月，我曾远离她四处流浪，经历更大的池湖、江河、海洋，见证它们的完好与破损，已惯于面对各种镜子自照。然而异域的水、陌生的湖总不及燕园这一泓小小湖水能对我如此洞照。她于我，不仅神圣，而且神奇，总不断以磁石般的魔力吸引我再返她的身边，不仅是临湖自照，而且不断解读出她的折射、衍射、散射的成果。通过湖的奇妙光学作用，我看到我所爱者的幸福，我所恨者的厄运，我已逝勇敢高贵挚友永生的形象，还有人后的人，天外的天，星上的星。至于我自己，是落在湖中的一片叶，一瓣花，一粒芥籽，未名湖总将其洞照得毫厘不爽：从青鬓朱颜直照到沟壑满面，积雪覆顶。然而未名湖就是那样神奇，她洞照出我的身影，每次都依然端正；她洞照出我的心，每次都依然真实、殷切、热诚，注满情思、宏愿、美梦。

2004年8月21日

海燕今昔

　　"白濛濛的海面的上头，风儿在收集着阴云……"

　　高尔基这样写的，瞿秋白这样译的。这种最早的中译文虽带有过多书面气，读来却是掷地铿锵，令人血脉贲张。

　　眼前的海，在阵雨的尾声中，也是白濛濛一片。微风习习，清扫着残云。各种习惯扶摇于艳阳碧空的鸟仍回避着，等待云开日出的时机再展风姿。

　　此处的鸟，多为海鸥，羽毛洁白，丰满富态，歌喉嘹亮，一鸣遏云。风平浪静时，它们飞得十分潇洒。那天清晨，阳光已照透面海窗口的纱幔，我仍在酣睡。突然，我被一阵清脆的敲窗声惊醒，一跃而起打开窗扉：原来是一只白白胖胖的大海鸥用它那又长又硬的喙在木窗框上剥啄。这个比我们人更贴近天地自然的生灵近在咫尺，瞪着明亮无畏的大圆眼睛，对人类毫无戒心。从它那从容优雅的步态推测，它大约已惯于日日向室内不时变更的旅客索取食物了。这是一种会享福的鸟，它们在晴空自由飞掠，尽情欢唱；暴风雨将至，它们就销声匿迹。它们惧怕狂风暴雨。

这是在英格兰热闹的东南海岸。这里有众多鸟类，我却只搜寻着海燕，但始终无缘一见。早此月余，我在英格兰西北兰开郡和湖区荒寂的海岸，也是寻求海燕而无所得。回国月余，我有缘去南戴河与老同事们小聚，旅馆房间也面临大海。无云无雨的海面上头，却也是灰濛濛的水天一色。飞鸟寂寥，既无不久前曾近距离面对的海鸥，更无矫捷穿掠"在阴云和海的中间"的海燕。

按节令已入秋，气温却仍居高不下；下海，又受年龄限制。无聊间，我与一行同事相携徒步去距海数里外的小水产市场闲逛。到了那里，由于场内售货的数量质量，未达到预期愿望，我们悻悻走出坑洼积水遍布的半露天市场，在紧接出入口的人行便道却不期遭遇了一群海燕。

这种灰黑色外形、似家燕而略大、实则与燕非同种属的海鸟，本应只与茫茫大海为伴，如今为什么弃海而麇集此地？

它们在这里起飞、降落，是在哄抢着海鲜市场特有的垃圾！

它们仍像在海面时"箭似的穿过阴云"，"像深黑色的闪电"一样身手矫捷，它们仍像"乌云越来越低地压到海面上来"呼唤着暴风雨时一样，高亢地号叫，而这声音却让我的心猛地抽紧。因为我想起了年初读到忘年校友高立志一篇短文中的质疑："昔日的海燕，今天能否保得住麻雀的命运？"

如今的海燕为什么不依其固有的天性逍遥于瀚海阔天之间，衔取水中的鲜美活物，却沦落在如此地方争食？

不久前，我甫抵驻地，走下旅游大巴，举目观海，似已对此问题做出答案：这里绵延不断的、平展的金沙海滩原本极其适宜海浴休闲，早有数百米宽水域已划归各个机构，作为封闭的培训基地浴场，以串连的浮标为界。浴场之外更远处的海面，星罗棋布的浮标及一片片浮标起伏的水域中一只只标船则说明，那是人造的水田，即海产养殖场。由此，不言而喻，海面为人类划界占有并污染，没有了天然鱼类栖息的场所，聪明的海燕则不得不另谋觅食之地了。

难道这真应了高立志文中的谶语？

天空开始飘洒雨滴，大家匆匆离去。我不愿回头再看那些继续抢食的海燕。在回临海的住所途中，雨疏落的下着，远看天色却不像有暴风雨的征候。灰濛濛的半空，似还有个把离群盘旋的海燕。它们没有降落争抢腐臭海物的尸体，只是慢速上下翻飞。它们似乎已不年轻，也许，它们正是曾经见识过暴风雨的一代；至少它们从已逝的祖辈、父辈那里听说过曾经的海燕怎样呼唤暴风雨，听说过其中最勇猛的那些在飞翔中怎样误中纵贯天地、银蛇似的闪电而葬身海底。也许，它们就是曾经跟随长辈们在暴风雨中试飞时曾经被雨箭雹弹击伤的最幼小的海燕。如今它们羽毛苍白，筋骨嶙峋，然而一旦起飞，仍会欢乐地号叫；夜来，栖止于巢穴，仍不肯安眠。它们还在用海燕的语言向海燕子孙絮絮述说，说那些曾经的海燕如何飞翔号叫，说自己如何顽强地康复，并在重振双翅时如何保护自己在暴风雨中少遭摧残。

2010年10月1日

初度儿童节

小子不幸，出生甫弥周岁，即逢"七七"事变。北京既遭沦陷，我也随而沦为亡国奴。长到八岁，上了三年学，对"祖国"一词，尚不甚了了；而如此愚钝者，又岂止我一人！一日，班上添一东北籍插班生，老师点名时，顺便问及他何地人，他从座位上蓦地起立，朗声答曰："满洲国人。"

九岁那年，日本投降。次年春暖花开，老师欣喜地告诉大家，4月4日是我们中国的儿童节，为庆祝这"光复"之后，也是我们这一代小学生平生第一个儿童节，全市小学放假一天，是日儿童乘电车、逛公园、看电影一律免费。

4月4日一大清早，大家即相约出游。街上早已人山人海，到处是像我们一样过节的儿童。马路正中驰来叮当作响的有轨电车也已有人满之患，我们只好沿着拥塞的人行道，步行至最近的新新电影院（即今首都影院），大家好不容易挤进场内，却到处是摇摇晃晃的小黑人影，完全不见银幕。不知不觉当中，我们给人群挤到了靠近银幕的墙角，终于能

作者8岁时与一周岁妹妹合影

看到银幕了。那天上演的是《金银世界》，其上的人物形象却是又扁又长，与平时跟大人端坐座位上所见迥然不同。由于不解这是视角作祟，以后很长时间我都在怪那天的电影不好看。此间既然无趣，我们几个小伙伴又在西长安街上、中山公园内挤了一个上午，午后才返回学校。

我们的宏庙小学，校园原是一座古庙，进门第一座大殿，是教员预备室。往常这里静静悄悄，小学生们每逢走近即心生肃穆。这天一进校门，却只见预备室门窗洞开，办公桌上，杯盘狼藉；再看平时正襟危坐的老师们，有的相互猜拳行令，有的围桌跟跄劝酒，有的一旁独坐沉思。我们尚未明其所以，校长出现在门前高台阶上。他面带忧戚，语声低沉，郑重向大家宣布：老师们由于薪金微薄，生活困难，决定罢课，学校停课一周。

彼时我们都尚为"不知愁滋味"的童子，这天整整一个上午的拥挤、劳累、饥渴并未使大家失望、难过，校长这一席话，却如同在每人头上浇了一盆冷水。只记得我们四甲班的同学，都不约而同地默默走回自己教室，坐上各自座位，相对无语。不知是谁带头，哇哇哭了起来，教室内顿时一片号啕。平素我是有名的"皮"孩子，不及其他同学"心重"，但看到大家都哭，也油然神伤，随声呜咽起来。下午我一路走回家去，眉头皱得很紧，嘴唇撅得老高，迎面走来几个大学生模样的青年，还指着我议论："瞧这小孩儿多好玩呀！"

复课不久，学校当局拿出一个新办法：每个学生定期交纳若干"维持费"，作为对老师生活的小补。家父也是教师，其时在大学任教，虽薪水高于中小学者，总远难追及日日飞涨之物价。一次，他拿钱出来让我去交维持费时，还苦笑着添说了一句："谁又来维持我呢？"

1993年5月1日

年节一乐

公历元旦，与老友通电话致问候。彼问："正何为？"答曰："除夕少眠，黎明即起，顺手写些东西。"彼叹："何苦如此用功！"又答："非为用功，积习难改。"

利用年节假日，写点读点自己心爱的东西，已是我近40年的积习。

1958年毕业参加工作时，正赶上一个又一个轰轰烈烈的时段。苦干实干，争分夺秒，毫不利己专门利人，以办公室为家，都是通用的行为准则。我在西北一家省报工作16载，每天早晨八点上班，晚五六点下班，吃在机关食堂，饭罢回办公室；特别是跃进的时候，人人比学赶帮，每晚不管有事没事，不熬到午夜，无人早退。从周一到周六，天天如此，星期日则清晨即纷纷赶赴郊外农田义务劳动，谈不上什么娱乐休息，也极少有个人隐私。好在大多数人都年轻单纯，视这种生活为天经地义。唯一令我苦恼的就是没有时间写点读点自己更喜欢的东西。终日在办公室众目睽睽之下，即使是八小时之外，除处理稿件，可开会聊天，可打扑克下象棋，读闲书，写闲文，要被视为不务正业。在这种情势下，也还有一种自学自写的办法，就是回宿舍就寝前，不管多晚必先读、写一个小时。然而人非铁铸，日久天长，睡眠不足，再加上营养差和精神紧张，一年多以后就患了神经衰弱。另外一个办法，就是乘下乡劳动或出差采访之机抓时间。比如，在外采访时，火车、汽车、骆驼背上，都可读可写；赶毛驴车田间送粪，一路可以斜跨车辕掏出书来，或大大地看上几段文字，或背会一首短诗，或记住两个英文单词。其间，常信口戏吟，曾有"忙中偷学胡儿语，闲来默填新章篇"云云，但这种机会毕竟有限，而且在办公室毕竟是主体时空，所剩唯一的好机会就只有年节假日了。

那几乎是唯一真正放假的国家法定公休日，大家可以坦坦然然度假，计划经济的年代，即使服务行业也大多如此；但是报纸需照出不误。各专业编辑部可以提前编排好节日版面，处理每日电讯稿的部门则不可停工，只能轮流值班，于是各个发地方稿的专业编辑部就常抽人帮助校对工作，以便能腾出专职编校轮休。

遇有这种差事，我总自告奋勇。其实不为"表现积极"，实则：一方面，自己年轻体强，无家室之累；另一方面，暗自还有个不敢为外人道的小小算盘：夜班校对工作，通常在半夜才开始，天亮报纸开印前即完成，工作时间总共不过四五个小时，干完立刻回宿舍睡三五小时，白天的部分上午还有整个下午和晚上，就全部属于自己。假日过后，理所当然地补假，这样合计起来，一年当中公休日共约一周，加上补假的一周，约有半月之久。在私有物（包括时间）难得的时代，实在并非小数目了。"文革"后期，从干校重返编辑部工作的几年，气氛已较前宽松许多，我仍这样值班，十余年下来，已不只半载，等于美美上了一个进修班（不敢妄称大学）。

20世纪70年代中，我有幸获准入大学外语系教英语，不必坐班，俨然成了时间的富裕户，但因自己是改行转业，另起炉灶，上课之外的大部分时间，都给备课、自修占得满满当当。寒暑每个假期，对我自是弥足珍

宁夏五七干校留影（1970年秋）

贵。由于曾是时间的贫妇，每个年节假日虽已不必值班，但支付起来，仍显俭啬。几十年过去，今已告老，时间全部退归私有，年节假日专享写读之乐，则已习惯成自然矣！

在普通人平淡的生活中，过年过节总是一道道令人兴奋的风景线。倾听同城祝福电话，阅读远方贺电贺信，欣赏异域精美别致贺年片，再加上同事、同行的雅聚小宴，总给人一点点新鲜的刺激，引出人一桩桩新鲜的打算。逢年过节，其实是最易激发个人抒情作文的时刻。

我是在像老奶奶一样忆苦思甜吗？所忆与思不在苦辣酸甜，重要的在忆在思。记忆是你的过去，是血肉一样与你难割难分的一部分。年轻人更重将来，他还没有多少过去。老人有老人的思维动作方式。刻意追求已不属于你的青鬓朱颜，活泼轻俏，并不总显得体。但你拥有富足的过去，是你的专利。

茫茫沧海，人人只是其中一粟。每个人的过去，又是粟上一点，较之无尽宇宙，"一切都是瞬息／一切都会过去／而那过去了的／就将变成亲切的怀恋。"——这是普希金的诗，戈宝权的译文。

1998年1月24日

冬之籁

推开旅馆排房走廊尽头的大门，才赫然发现了雪！新年的第二天，十三陵以北不远处的小山村内。

现代钢筋水泥结构的住房，虽简陋，但门窗紧闭，暖气充足，铺盖厚实，又地处高寒少林无竹的山沟之中，自然毫无"已讶寝枕冷，复见窗户明；深夜知雪重，时闻折竹声"的意境。况且，是夜雪并不厚重，但那薄薄的一层，悄然而至的洁白却掩盖了地面一切人为的丑陋。

早已冰冻三尺的鱼塘，昨天被孩子们嬉戏着凿出的冰洞和散落的冰块碎屑，都给这层雪掩盖平整。房子左侧架设着高高吊桥的山涧，在薄冰下仍然潺湲而流。涧侧陡峭的斜坡上总有路人随手丢弃的废袋、旧瓶、煤灰、烟蒂、残食，现在雪将它们尽数掩盖。涧沟对面的近山，被敷成粉白。在住屋的高台上远眺，周边错落杂陈的村舍，也被雪掩尽了其破败的样子。房正前、房右侧、房背后高耸的群峰，最先领受到熹微的晨光，笼罩上微紫的雪白。雪之神妙，就在其成就了完美的"江山一笼统"。

多凛冽的空气！我欣然踏出新年初次独享自然恩赐的第一步，是那样地小心翼翼，但仍不无遗憾地在小径留了一串黑色足印。带着歉意，我快快地打开相机，急速捕捉着四周的景物，力求为自己的破坏行迹做些补偿。为避免在集中精力于镜头后而不经意对完美雪景造成更大破坏，两三次快门按过，我便收敛行动，缓缓走回房门。

"嗞嗞，嗞嗞！"突然听到弱如机械表时针的声音，我以为是自己那部尚未完全熟悉的新相机内部机件在我关上开关后进行自动调理。通常，在人烟稠密、喧闹嘈杂的场合，我还从来没有觉出自己的相机有如许轻妙的运作！哦，不对，已经过去数秒，"嗞嗞，嗞嗞"的声音又阵阵飞到耳际，这不是相机内的声音，除非它出了什么毛病。我把相机贴到耳上，它悄然无声。"嗞嗞，嗞嗞"之声仍间断传来。

我忘了足迹的破坏作用，开始在塘边、墙根搜索，疑心也许会发现什么在洞穴或缝隙中冬眠的小动物。左右寻找，地面上未留下任何蛛丝马迹。哦，莫非是它们？无意间猛抬头，我望见围墙外陡坡上几株参天杨树，虽仅余枯枝，仍保持着完整的冠形盖。就在那一顶顶树冠的主权间，赫然构架着几朵灰白的鸟巢。眼耳密切配合的时候，生出了多奇妙的功能！我盯着细看了一会儿，立即判明那"嗞嗞，嗞嗞"的乐音发自这些鸟巢。

看样子，那是喜鹊的巢，厚密、结实，牢牢地坐落在远望并不粗壮的树杈中间，显然能够顶住狂风暴雨的侵扰——那是喜鹊父母为它们的孩子打造的温馨之家。

"嗞嗞，嗞嗞！"大概骤然天寒，让小雏鹊们畏缩起毛茸茸的身体，好像在对母亲说："妈妈，冷！"

母鹊无言，只略略展开紧拢的双翼，将孩子们收拢到自己的翅羽之内。

"嗞嗞，嗞嗞！"雏鹊蜷偎在母亲的翼下，又有了新的诉求："妈妈，饿！"

母鹊无言，不停地眨着多皱的眼皮，向父鹊交换着今日雪中如何觅食的信息。

"嗞嗞，嗞嗞"的声音，在高高的天空，传至四方。这是天籁，是万籁俱寂的严冬清晨唯一的天籁。

喜鹊父母不言不语，双翅夹得更紧，眨着眼睛，彼此传递着雪中如何为子女觅食的信息。

喜鹊父母不言不语，它们并没有向雏鹊传递雪如何美的概念。因为它们知道，这仅仅是大地上一层虚假的覆盖，像谎言一样，虽美丽，却短暂。它们喜欢那无遮无拦，毫无虚矫掩饰的裸露。它们知道，虚饰的雪不会持久。它们更思念冰雪消融后那坦诚赤裸的大地母亲。只有她才会供给它们及其子女丰足实在的食物。

"嗞嗞，嗞嗞！"小雏鹊们尚在父母腋下就懂得这个道理。他们尽兴地"嗞嗞"，发出自己对坦诚大地纯真信赖的微弱呼叫，提早为雪践行，为春洗尘。

"嗞嗞，嗞嗞……"

2010年1月4日

山海祭

——悼先父张谷若先生

汽车沿高速公路北行，从伦敦向爱丁堡。十余周来，游学英国，脚跟无线，观看，聆听，搜集，思考，为自己，也为北京家中的父亲。我们那如今缠绵卧榻的九旬老父，晚年不喜交游，每次我们出差旅行，总要尽量多带回些书画、工艺品和土特产，供父亲卧享。在英国这个切关他毕生教学、研究、翻译事业的国家，更不可疏漏每个细节。

我们已走过十余座城市，写回的家书中，也禀告了部分见闻，特别是在英格兰多切斯特市参加托马斯·哈代国际双年会的盛况。因为哈代是父亲花费心血最早，也是最多的作家；因为年会对于父亲以及他的同辈、后辈中国同行在近70年为哈代所做的贡献有了更多的了解，并给予很高的评价；还因为，我和外子张扬，身为中国代表，在会上受到空前热烈的礼遇。爱丁堡是这次访英的最后一站。在汽车上，浏览着路旁——闪过的青山、秀水、牛羊群、教堂尖塔，我俩低声细细商量，回国前再为父亲和其他亲友做些什么。地势越来越高，爱丁堡越来越近，心中阵阵涌出的兴奋也越来越频，仿佛已有一只脚踏上了归程。

我们到达市中心前，格瑞斯早已跑出来等候多时。久别重逢动情的寒暄过后，她拿出几封已经等在这里的信，其中一封是北京的家书。信封上妹妹平素细弱的笔迹似乎多了一点力度，我心中顿时掠过一丝不安，急忙将信拆开，浑身的血液倏忽僵凝："爸爸已于8月18日上午10时58分逝世……"

目光反复在这一行逡巡，却总无法将它传导入大脑。爱丁堡朋友们的劝慰，只够勉强使我暂时噙住眼中的泪。深夜，在洁白的被盖下，张扬的臂湾里，它们才像开闸的水，狂奔直泻。这时，我才感到爱丁堡初秋的高寒和格瑞斯这套乔治式石砌住宅的凄冷。

父亲真的逝世，永不复返？

再过一个月，他将年满91岁，算是享尽了天年。自从1992年除夕他突患中风，虽然精心治疗调理，总不见起色。我们离家访英前，也曾预料过可能发生的种种事情。但是在他临终的刹那，朝夕与他厮守为伴的子女不在身边，这确是无可更改的遗恨！

如果在这近20个月里，我不是忙于各种工作，而能对他投入更多心力……

如果我们事先能理智地认知他确已步入生命的最后途程而取消这万里去国的远行……

如果……

深切的遗恨带来种种悖于事实的妄想。

"你父亲会为你所做的一切而感到自豪，这是他临终得到最大的安慰。"爱丁堡和英格兰各地的朋友或写信或打电话来异口同声地这样娓娓劝慰。

是的，他是在北京空前酷烈高温的煎熬中坚持着风烛一线的生命，终于等到了我们飞跃关山的捷报，才瞑目长逝。

1993年新春伊始，我们就接到此届哈代年会执行主席斯旺先生的手书，代表英国文化处特邀我演讲张扬主持讨论。面对正在入医院急救的父亲，我踌躇再三，终究没有拒绝这番盛情。

我深知这并非一次轻而易举的攀登。这是迄今最具权威性的国际性哈代学术讲坛。历届的演讲人都是英国和各国第一流的学者。1988年，我曾是参加年会的第一个中国学者；这一次，像登台打擂一样，我将是第一个正式演讲的中国学者。这并非全为自己，而是也为父亲，也为中国的学者同行。父亲，还有我们这个民族的一些知识分子，踏着上个世

年逾花甲的父母

纪的余音残韵走来，勤奋、执着，但却太过谦恭、含蓄。他们在穷搜苦索中找到适当的起点，便一头扎进知识的厚土，只顾耕耘，少问收获。他们以汗水和心血培育的果实，即使在本土也鲜为人知，遑论海外！只有80年代以后，才始露峥嵘。如今国际间的同行既然希望了解更多，我们应该起而响应。我深知自己恰恰属于那"荒废了"的一代，远不及父辈的精深广博。但是既为由他们的精血造就的后代，我不应对他们有所辜负；而且深信，凭依他们从我出生就慷慨赐赠的一切和我尽力鼓起的浑身能量，定能成功。

十余月来久病的折磨常使父亲不满和发怒，也会引发我的不快和牢骚。但是每当我告诉他在侍奉护理他的同时，我必须准备讲稿和做其他撰写、编辑工作，他总是用力地点点白发苍苍的头，就像一个听话的孩子。去年春秋我曾两次出差，行前向他告别时，他还能伸出仍然有力的手握一握，点点头说："一路平安。"今夏赴英出发前，我站在他的病榻前，贴近他的耳朵为他大声读了哈代故乡报上预告我们与会演讲的消息，他仍然竭尽全力在枕上点着头，然后目送我们走到病房门口。谁知这就是父亲留给我的最后印象。

在爱丁堡收到的噩耗像一颗重型炮弹，将旅居欢快的心轰得四散，难以收拢。尽管妹妹已依家中风习料理了后事，我仍希望尽快飞回故乡。然而理智又在耳边反复细语："一次来之不易的远行游学岂能半途而返！"这句话一次次重复，我也一次次吞咽下时时夺眶欲出的泪，终于打叠起精神，度过了最后在爱丁堡的两周。不过在这两周丰富多彩的生活中，不论白天黑夜，不论晴天雨天，眼前总蒙着一层灰色的幕。

我们登上这座城市以它而命名的古堡，这是市中心的制高点，站在它的顶端可将这座据山面水古老美丽的城市一览无余。父亲当年也爱攀登。他的出生地山东烟台芝罘岛也有这样美丽的山水。母亲说他生来挺拔高大，脚力雄健，自幼喜欢独自攀登家乡面临大海的峭壁山崖，在树林中以读书自娱。他是故乡那温良的气候、丰厚的大海、清新的树山林的儿子。我上小学的时候，他仍然喜欢晚饭后带我去攀登北京住家附近北海公园内的白塔山。他牵着我的小手一路行走，常好用手指在我的手上书写着一串串的英文字母，口中还念念有词地读着英文中那些拗口的词句。等到登上顶峰，则仰望夜空，指点星座，滔滔不绝地讲述有关它们的美丽传说。那时他已是大学英语系的副教授，除了精通自己的专业，还热爱天文、地理、历史、艺术、民俗、生物、化学，尤其是中国传统书法绘画及戏曲。他写得一手漂亮的楷、草、隶书，闲时还喜欢吹笛和演唱昆曲……

克里斯蒂带我们去爱丁堡以东福斯河入北海口的沙滩。这里的苍凉与父亲故乡的海滩迥然不同。我四岁时父亲带我回故乡第一次下海。海水的浮力很大，我像个空心皮娃娃在水中摇摇晃晃站立不稳，父亲就双手十指交叉抱在脑后，让我也是双手交叉抱着他的上臂，带我一步步走向深水。父亲水性不佳，他只是带我去体验海水的恬适与咸涩。在我稍稍长成之时，则任凭我自己去学会游泳。

他就是以他的这种方式，带我步入生活之海……

和父母合影（1941年）

　　我们多次走进爱丁堡著名的国立图书馆和美术馆，查阅资料，欣赏藏品。也常走进街道两旁林立的书店选择各种图书。父亲一生酷爱书画，浏览、选购、阅读、批注，以至重新修补装订，是他生活中的重要内容。晚年妻子及同龄亲友先后作古，他更以书画为伴。在半身瘫痪的最后岁月，他在病榻上仍伸出尚能活动的右手，套上温暖的毛衣袖，擎着书画阅读欣赏。他记忆力超过常人，到老仍记得少年时背诵的中英文经典篇章。这也是他翻译、写作文词丰美的源泉。像有些中国传统文人一样，他专注治学，不擅实际事务。但对于所在学校图书资料建设及教育却分外积极……

　　星期天，格瑞斯和莉兹带我们去拜谒瓦尔特·司各特故居。这座堂皇的古堡式庄园里那间正对后园的大厅最使我留恋。司各特临终前，曾移榻这间大厅的窗下，遥望连天碧草和缓流其间的退德河长逝。这位毕生多姿多彩的苏格兰大作家最令人崇敬之处，是他的刻苦勤奋。父亲致力的作家，都是终生笔耕不辍。父亲自己，不过一介书生，区区译家，但在他所孜孜从事的小小领地，他也是如此。

　　在还是大学学生之时，他已在工读之余完成了哈代的《还乡》和《德伯家的苔丝》的初稿。青壮年教学、养家最繁忙的岁月，又翻译了哈代的《无名的裘德》、狄更斯的

《大卫·考坡菲》以及莎士比亚的诗歌、萧伯纳的剧本并做了唐诗英译。在翻译过程中，为了恰当处理一些难句、典故、注释、妙语、俚语、行话，他有时数日徘徊，寝食不安，千方百计查找资料，与同行知己切磋，向三教九流请教。他的译文在海内外广为流传，深得赞誉，但他从未自我满足，一书出版后，总要反复修改，几近成癖。偶得指谬，则如获至宝；而对于某些误解错评，则要愚顽申辩，不惜开罪于人。

"十年浩劫"后期，他鳏居陋巷斗室，国家前途个人治学两相茫茫，他仍像书虫一样，以娟笔小楷修改他那早已频频为人称道的译文。正因如此，一旦良机再降，他即有定本修订译作面世；也正因如此，他的译品得以不断提高。80年代，他以真正的耄耋之年，再度治学盛年，新出版了《大卫·考坡菲》和菲尔丁的《弃儿汤姆·琼斯史》，两部各近百万言巨作。前者译稿虽为60年代旧有，但曾有相当部分毁于暴力，他以少壮时代同样的精力一鼓作气劫后补译数十万言，并修订了残存部分；后者，绝大部分译于他80至85岁之间，这五年当中的大约1500个上午，无论寒暑，无论节假，他始终伏案笔耕。

今年新春，卧病经年的父亲勉强捧着上海译文出版社首次寄来的《弃儿汤姆·琼斯史》样书，虽已无力像往常那样逐字逐页查阅，但仍以微弱而却清晰的语声对我们说："这辈子我没白活……"

英国朋友们说父亲会为我而自豪，令我既感慰藉，又生惭愧。应该是父亲因他自己而自豪。他生性浑厚天然，仁爱狷介，重实轻华，珍视友谊亲情，讲求生活的内在质量和自我感受而不做作矫饰；处世间，他随分守拙，不斤斤于个人利害得失；但对于道德、气节、文章之类他一心认定的盛事，从不苟且。在正邪善恶之间，他总作正确选择。作为子女，我们应以他而自豪。

爱丁堡与北京远隔大洋，关山重重，父亲永诀时我未能送行。但是在我们居于其上的这浑圆大块，千山一脉，万水相连，我的心电，乘山风，凭海潮，定能赶上父亲的亡灵。你知道我正在追赶，往昔的一切不足挂齿；将来，我要使你真正感到自豪，父亲！

1994年9月初稿于爱丁堡

1994年11月定稿于北京

高山白雪

走进家附近那座大花卉市场还没拿定主意：究竟用哪种花给李伯伯最后送别？

李赋宁伯伯是西方语文大师，毕生从事以英国语文为主的教学、研究和翻译工作，成果丰硕，桃李遍天下。先父有缘曾与伯伯同事，伯伯比先父年轻十余岁，按中国传统文人自谦的习惯，晚生后代对父辈友好不论年龄，均尊称伯。

父母生前始终居于城内自家旧房，和住在北大燕园以及周边宿舍的同事往来自然较少；我虽曾在北大求学、生活四载，但就读于中文系，对先父所在西语系英语专业（今英语系前身）诸同事本无缘就教，只因后半生改行英文，才有幸得识英语系名教授李赋宁、杨周翰、朱光潜等诸位伯伯。

岁月无情，上世纪50年代荟萃如林的北大学人英才大多像星宿般陨落了，每闻这样一桩讣讯，心总不禁为之一悸，对李伯伯，震痛尤甚。他不仅是父执和前辈同行。上世纪70年代初伯伯复出教授英语专业研究生班英国文学选读时，我身为偏远地区大学英语教师，曾忝列末席旁听，因此他也是我生平仅有的二位英国专业课堂授业师中之一（另一位是先后执教于天津南开大学及北京国际关系学院的杨善泉先生，殁于上世纪80年代中）；而且，在我从西北改换职业到北京的人生转换点，李赋宁伯伯曾那样热烈地伸出鼓励和援助之手。如今伯伯长逝，我必须前去送行，去献上我至诚的惜别和感激。操办仪式的人说，欲赠现成的花圈或挽词，只要电话告知，他们即可代办，我感谢但没有接受他们的好意。这是我必须自己做的，准备一点表达自己心意的东西。

上世纪70年代末那次办理调动工作时，最后还需要补交一份专业权威的推荐信，了解一些我的专业情况的人，只有李伯伯，那天正午，我骑车赶赴西郊伯伯家中，伯伯立刻放下手捧的一大碗卤面，提笔写就那一份信函。虽是急就，伯伯以他那一贯方正规整的楷书字斟句酌地书写完毕，花去不少时间，我持信告辞时，那碗面早已凉透了。那时候，伯母徐述华教授仍在石油大学执教，每天早出晚归，伯伯的午饭，只能由小时工阿姨简单地做一碗面。

不久后，那个年代工作转换过程中必经的重要关隘都闯过了，我立刻去伯伯家报信，请伯父母分享我的喜悦，顺路在莫斯科餐厅小卖部装了一大盒奶油蛋糕带去。事过很久，又见到伯伯，他还面带微笑，慢声细语地说："你那些蛋糕真好吃。"我至今记得那语声笑意中蕴含的亲切、纯真与幽默。当时奶油蛋糕虽远不及如今普遍，但是与伯伯为我那样劳心尽力相比，这样一份微薄的谢仪实在是太不成敬意。以后每次访英归来，我总想送一两瓶名牌苏格兰威士忌——我知道，善饮是恬淡冲和的李伯伯性格中豁朗豪迈的另一面，不过平时深藏不露而已——只可惜那时伯伯已身罹绝症，一直悉心呵护着他的述华伯母一再委婉但却坚决地辞谢，是理所当然的。

仅仅两周前，伯母突然打来电话，沉重地告诉我，伯伯病笃住院，但医生不准探视和送鲜花饮食。伯母又叮嘱我，将我所知李伯伯著述中评价先父译作的章节列出寄给她。我当时还以为伯伯不久就会病愈出院，届时可以再去他家探望；哪料想，那竟是伯伯命悬一线时还惦念着故人，还在竭尽所能地防止遗漏准备写进自己已完成的回忆录中的往事和资料。

伯伯脸上那种长驻不变的笑容，是我初次见到他后就永志不忘的。那是上世纪70年代初，经历了乾坤混沌的灾难最为残酷的序列，生活稍稍恢复了常态，一天李伯伯进城，看望了正在家中养病的父亲，恰遇我正从西北回京省亲。那

陪李伯父、伯母接待英籍印裔教授班那吉先生（1996年）

时的李伯伯，未届花甲，神情俊朗，体态从容，全然是传统中国儒雅谦和士人与英国绅士完美结合的典范。劫后幸存，久别重逢，他与父亲相见第一句就说的是"咱们谈英国诗吧！"说时，满脸都是那种亲切、纯真又略带幽默的笑。当时我因为忙于烧水奉茶，没有专心听他们谈诗的具体内容，以后是在课堂上，伯伯对他所教授学科那种透彻骨髓的理解、热爱与高见我才多少有所领会。

在讲台上，李伯伯也是谦和、幽默、言简意赅。先父逝后，一次我在电话中代自己的编委会向他约稿后，他得知我业余正在翻译英国古典小说，便提醒我："你在遇到那时代的词语时常用哪些工具书？"

"父亲的大牛津。"我立即回答。

"对！对！"在电话里，我仿佛还是听出了他那亲切、纯真、言简意赅的宿风。

如今我沉痛地匆匆走在花卉市场内，各种属类的菊、兰、百合、水仙、玫瑰，还有不知名的新异花草令人目不暇接，李伯伯往昔的笑貌似在万花丛中乍隐乍现。这些花，或厚重，或清逸，或雍容，或高贵，或灵俊，与伯伯的人品学问都有某些契合，但是哪些才是伯伯最喜欢的呢？正在踟蹰中间，一束合抱的花球令我眼前一亮：一朵朵重瓣卷边的白玫瑰，掩卧在一簇簇镶白边的淡绿色草叶当中，那样清丽、高洁。卖花姑娘非常机敏，立即开口："这叫高山白雪，整个花棚里都少见的。"我应声将这束花球捧起，一股淡淡的清香直入心肺。

雨中，我捧着这束高山白雪，急急奔去见李伯伯，虔诚地将它献于他长眠的足下。随着告别的人流缓缓从伯伯身旁走过，我瞥见伯伯长久病患而消瘦、憔悴的面容，但我仿佛还是看到了他那亲切、纯真、幽默的微笑。那是高山白雪，洁净、深厚、高远、经久不变……走到门口，回头向李伯伯最后一瞥，我抑住喉头的哽咽，又像听伯伯课后趋前提问一样，心中默默问道："假如真有那另一个世界，先父有缘再与您邂逅，您所说的第一句话仍然是'咱们谈英国诗'吗？"

2004年5月16日八宝山告别次日

2012年4月20日稍有补作

红果寿吾师

去年岁末，正在分赠贺卡，林莽先生来电话，语次偶知先生76寿辰在即，遂相约待先生80大寿时，我们一帮在京老学生将为他庆祝。

20世纪50年代初，我们上北京师大女附中高中时，林先生曾任语文教员及班主任。我等毕业离校不久，先生即遭当时不少知识分子之共同厄运，此后半世坎坷，且累及老母妻儿。年逾花甲，方渐归坦途，今以耄耋之年，仍不失热切之心，率真之性，儒雅之风，且孜孜于创作。前年出版半自传体小说《轻生一剑知》，其真切之情，婉约之笔，足可鉴先生风骨气质、文墨修养。

先生寿诞前日，忆及其当年课徒如子种种情状，音容笑貌，恍如昨日。我及其他几位有志于文学者，尤受先生渥恩。我们除在课堂校园领受教诲，还常结伴在先生家中，聆先生清雅高逸之论，享师母淡茶便餐之赐。彼时师生均不在意于觥筹馈赠，促膝之间，海阔天空，文学艺术，人生理想，唯以畅所欲言为佳节盛宴。还记得某年秋爽，我家一株原只供观赏的烟台梨，果盛空前，我曾摘取十数枚，奉先生阖家分享。如今我那几位同好学友均星散各地，仅我一人远离京城20余载后，又辗转回返。近十余年在京，日夕为生活奔波，尚不曾为林先生寿。今既获知先生吉期时日，不妨先独备薄礼，略表芹意。但是送先生什么，我却犯起踌躇。西式奶油蛋糕么？我果真捧一盒如此油腻腻而又甜腻腻大家伙，先生及师母二位老人将如何消受！烟酒乎？先生清贫淡泊一生，似无此类嗜好……

　　下班后踏进最近便的食品店，浏览中间，瞥见久违的炒红果，立即请售货小姐满满地装了一袋。这种以山楂为主

与林师夫妇（左一、左二）合影（1999年初夏）

的蜜饯，有开胃生津，软化血管功效，应属天然健康食品，恰可为先生增寿。不过一袋价仅数元，似嫌菲薄。但这是北京著名传统食品，旧时本视为珍品，只在专营干鲜果品老字号出售。还记得当时都是将此红色透明半流质装入拳头大小陶瓷罐中，罐口罩以书明字号的正方形大红包装纸，以细绳紧系密扎，以便提携。现以此物赠先生，虽无往昔精致独特包装，多少仍可表示念旧；且目下北京大小商店，国产、进口、合资食品虽琳琅满目，却仍以此物为稀。物以稀为贵，先生定可体察；再者，它那晶莹鲜红的外观，代表着一种赤诚纯正；它那既甜且酸的口味，又恰似现实的人生。

我将这一塑料袋炒红果小心翼翼地挂在自行车上，一路穿街过巷，终于拐到先生久居的一带。——不知怎么，等我进入那少小即熟悉的曲径小巷，记忆突然打开了它那尘封的灰黑篇页，上面绘记着我走街踏巷，心怀凄楚，偷偷去看望恩师的"戴罪之身"。突然，这一路欢快的心有些沉落，我鼻酸眼热，不能自已……

而此时，我已来到林先生公寓楼门首，下车后，竟改变主意，拐进门旁收发室，求看门的老大妈将这袋炒红果转交先生。

匆匆离开林先生家大门，我骑车缓缓前行，心中默然祝祷：愿吾师健康长寿，愿吾师总常想见我等开朗欢快的脸，愿吾师及师母喜欢那像生活一样又甜又酸的炒红果。

1993年1月25日

补记：

　　岁月厚待吾侪。此文完稿，已历五载，其间同班学友在京者十人，已相邀相携为先生做"望八""整八"及"八五"之寿。先生身体康泰，精神矍铄，笔耕不辍，又相继完成两部新作。我等先生女弟子，虽已均成花甲老妪，临先生寿宴，仍争相献歌献舞于尊前，效老莱斑彩之戏。先生伉俪欣慰之余，洒泪挥毫赋诗，题赠新作，生等亦深以受此恩赐为荣、为勉。

1997年11月29日

再补：

　　岁月待吾师亦厚。值敝弟子初编此文入集之际，先生已年届九旬，仍鹤发童颜，思维锐利，声情沛然，著作联翩。我等正拟于吉日再造先生府上，作米寿之贺，再慰先生膝下。

2006年11月19日

画眉深浅入时无

煦热蒸腾中，赶赴湖广会馆看了一场北昆剧院的演出，三出折子戏，《胖姑学舌》《琴挑》《刀会》，都是久演不衰的传统剧目；青年演员，无论生、旦、净、丑，都达到相当造诣，加上嗓音、扮相、气质的优越，真令人耳目大吃冰激凌。

昆、京等中国戏曲，由于数百年前传统说唱艺术的基因，含有不少单人或二三人唱做的大段。《胖姑》一折，演的是乡村小姑娘胖姑和表弟王留儿进城看社火归来，给老爷爷学舌比划，再现日间所见所闻，整段几乎都是一对小儿女载歌载舞的表演。《刀会》中关羽赴鲁肃之宴，席间叙说古城会兄弟释疑旧事，也有大段唱做，实际是以周仓伴舞的关公独角戏。这类戏段，既无热闹场面或紧张冲突，戏好戏坏，则全系诸演员一身，对演唱技艺发挥，其实别有天地。现今戏剧舞台，与这种形式类似的小品或独角戏，也常娱观众，给我印象最深的，一次是在伦敦狄更斯博物馆，话剧演员吉奥弗瑞·哈瑞斯作专场狄更斯作品单人演诵；另一次就是去夏，在美国加州大学狄更斯研讨会期间。

那次研讨会第五天下午的间休茶会上，执行主席匆匆走过来说："米丽安姆·马格利埃斯想见见你们。"话音刚落，他身后一位膀大腰圆、目光炯炯的中年女士已经走上前来。她是英国演员，以扮演《小杜丽》中的芬青太太而在英美家喻户晓，此番到会，自然引起一阵小小轰动，她是应邀来为晚会作狄更斯作品单人演诵。在人群中，她身着T恤、短裤，发型随意，不施脂粉，但浑身上下，特别是大如牛眼的双眸，却透露出不凡的气质和过人的智慧，恰似我在伦敦遇到的吉奥弗瑞·哈瑞斯。

那晚米丽安姆表演的是《奥列沃·退斯特》第二十三章，教区管事本布尔夜访济贫院监理考尼太太的段落。看过小说或电影的人都会记得，狄更斯为这一对以行善济贫为名，行贪赃枉法之实的狗男女设定了极尽讽刺之能的对话，具有强烈的戏剧效果，已成为狄更斯小说移植的小品经典。米丽安姆一人身担男女二角。她或坐或立，乍嗔乍喜，抑扬顿挫，将眼神、面容和形体全部充分调动起来；通过变声、换位不断转换角色，将男女二人各自特有的狡猾、虚伪、凶狠、丑恶表达得淋漓尽致。此时台上的米丽安姆，与刚才和我对面交谈的，真是判若两人。

　　加州匆匆别后，我们成了鱼雁之交。从中，我了解了她的经历：二战期间生于牛津，父亲原是在伦敦东区开业的医生，为逃避德国法西斯的狂轰滥炸才迁到牛津。她是父母的独生女儿，从小受到良好文学熏陶，19岁获得一笔奖学金后入剑桥。她在读狄更斯作品时深深受到触动，从而走进演艺圈，用她自己的话说，是想"与更广阔的世界分享我的情感"。近来，她正在英格兰诺福克乡间参加拍摄萨克雷小说《名利场》改编的电影，担任其中克劳雷小姐一角。

相别在伊宅门前

从米丽安姆那种硕大的形体特点、她的戏路以及她对自己所担任角色的强烈兴趣，我想到那些一味争演年轻漂亮角色的演员，有时为突出个人形象甚至不惜牺牲角色或违背自然和生活的真实，便在信中就此现象请教她的高见，她立即作答：

我觉得有的演员只喜欢演年轻漂亮角色很可笑。我可从来没有这种奢望！在戏剧界有所谓性格演员，他们并非主演，没有那种罗曼蒂克的情趣，但却拥有那些最富技巧、也最出神入化的表演。我觉得，有些所谓青春主演的无病呻吟、搔首弄姿实在令人无可奈何，而且浪费光阴。在英国戏剧舞台上，性格演员具有重要作用；而且很多领衔主演更希望好好抓住一个性格角色，而不是只顾傻笑的年轻小姐。对于像我这样一个57岁的大胖子来说，即使希图给观众提供令人艳羡的情趣，当然也是异想天开；而我也真真无法理解，女人既然明明已经过了这个年龄段，为什么有时却偏偏还要担任这种角色！一个人可以在表现性格方面充分发展自己的事业——我就是这样做的——特别是在喜剧的领域。性格演员永远是至关重要的。

米丽安姆这一席话，又让我想起了我们北昆剧院饰胖姑的那位青年演员王瑾，她在大型传统喜剧《风筝误》中曾饰演丑女詹爱娟，为适应角色需要，她化妆时，把俊美的脸蛋儿涂抹得怪模怪样，在表演上，也作了介于旦、丑之间的处理，显示独具的特色，赢得强烈反响。希望今后在我国的传统戏曲舞台上，也能出现具有"性格"特点的好演员。

1998年秋

补记：

机遇是时光中的亮点。2000年在伦敦盘桓数月再见米丽安姆·马格利埃斯，即是其中之一。

在美国加州初见时，她即一再表示希望将来在她的家中接待我和张扬，并说她在加州、在意大利、在伦敦各有一处私宅。这位热情开朗、慷慨大方的英国女演员口无遮拦，交谈不过数句就提到她曾来过中国，知道我们的学者生活清苦，她希望能通过提供住处支持这类人的访问活动。三年后，我和张扬又访伦敦，通过电话与她取得联系，不久，她果然驱车亲来把我们接到她的住家。进得门来，简要向我们交代了门户、起居、治炊等生客需知事项后，立即把一串街门钥匙交给我们，匆匆提起自己的行李赶赴欧陆去拍新片。于是，我们就在伦敦南市区"像在自己家一样"（to be at home）过了两周，直到她完成任务重返家园，和我们告别，又目送我们前去欧陆游学。

米丽安姆的这所乔治式老宅，有150年以上历史，是她祖母的遗产。这里地处伦敦城铁、地铁的交通枢纽，四通八达，我们每日从这里出行，参加学术聚会，寻访名胜古迹，十分方便。更令人喜出望外的是，在这座米丽安姆一人独居上下三层半独立式楼房中，藏书十分丰富，又有很多与我们的研究恰相对口，便于我们随时取用、查阅。在这座祖传老宅的厅室、走廊、楼道的墙上，又到处挂满了与戏剧、电影有关的图片：名演员的便装照及剧照，数百年前戏剧演出的海报，影剧故事连环画，如此等等俨然构成了一座小小的影剧史博物馆。无疑，这正是米丽安姆花费心血和财力日积月累的收藏；相形之下，她生活简单、随意，身着最普通的T恤、短裤，一日三餐大多来自附近的普通超市；而这位明星出行拍片，随身不过几个最简单的轻便小号走轮提包，在大街上，如果和她迎面邂逅，如果没有注意她那双炯炯的大眼和满面阳光，谁也不会注意到这位活跃银幕和舞台的女士；但她就是——不仅是演员，而且是一个你随时想到她，心头都会涌起一股热潮、一片信赖的朋友。

2007年3月26日

美妙一瞬话当年

我书柜中深藏的那部《普希金文集》，是1954年北京时代出版社版，硬纸板封面，附有诗人的彩色画像和少许黑白插图，在当时国内的出版物中，算是精品。

我初读这部书，在1951年，那是平装，1947年上海版，借阅自我就读的北京师大女附中图书馆。当时我在初中三年级，我们的语文老师兼班主任唐初先生来自解放区，参加革命前在四川大学外语系肄业，为人热情、开朗，富有文学气质，这使他成为一位很好的文学启蒙老师，也把他所喜爱的俄苏文学贴切地介绍给了我们。《普希金文集》就是唐初先生特别介绍给我这个女弟子的，那时我14岁，爱诗，而且不知深浅地信笔涂鸦。

这是我第一本正式阅读的外国诗译本，像儿时在家读《木兰词》和唐诗选那样，我逐字逐篇细读，抄录背诵其中最喜欢的篇章。那是个校园文艺活跃的时代，在大大小小团日和联欢会上，我常向老师、同学和来宾朗诵这些诗。我最喜欢的，是普希金16岁时写的那首《我的墓志铭》："这儿埋葬着普希金；和他年轻的缪斯，／爱情与懒惰，共同消磨了愉快的一生；／他没有做过什么善事——可是在心灵上，／却实实在在是个好人。"那种莫扎特式的单纯、明快和孩子式的顽皮，恰合我当时的兴趣、心性。

进入北京大学中文系以后，编报刊、办诗社成了名正言顺的"准专业"。在那些轰轰烈烈的诗歌朗诵会上，常有选自这本文集的朗诵节目。有时我们还应邀去附近兄弟院校和城里中学巡回朗诵。高我两级的崔道怡学长（后曾长年主持《人民文学》杂志编辑工作），每逢这种雅集，《致大海》总是他的保留节目。轮到他出场时，他都是从幕侧一边款步走向台前，一边吟哦："再见吧，自由的元素！／这是你最后一次在我的眼前／滚动着蔚蓝色的波涛／和闪耀着骄傲的美色。"他音色沉厚，字正腔圆，神情痴迷，仿佛把台下的人海当做了大海。因为有他这样普希金心声的真传，我从不敢在公开场合效颦，尽管我最喜欢这首诗的豪迈和潇洒，而且回故乡度假，常常破晓时分独自跑到海沿，面对涨潮时的层层黑浪高声背诵。那海浪的颜色，来自海底近岸生长又黑又长时时随潮水翻卷的海草。

常言"熟读唐诗三百首，不会作诗也会吟"。我们当时的校园诗作者常读普希金和其他中外名家作品，自己的文字自然也深受他们的影响，豪情澎湃的多产诗人张元勋（如今已是中国古典文学学者、曲阜师范大学教授），曾仿普希金的童话诗和诗剧创作了二幕童话诗剧《金钥匙》，邀同级学友田树生（今为语言学者、语文出版社副总编）、郑宝倩和我扮演剧中人，参加文艺汇演。田树生那王洛宾式的下巴上黏满白药棉，扮演知识老人，郑宝倩和我身穿乌克兰绣花衬衫扮演小姑娘叮叮、当当，携手寻找知识宝库，历尽艰难困苦，在森林中遇到知识老人，并从他手中接过了那把打开知识宝库门扉的金钥匙。这出戏，恰如其分地表达了作者、演出人及当时北大莘莘学子求知若渴的心情。汇演结束后很久时间，我们还以"老爷爷""叮叮""当当"相称。

学生时代的幸福并不永久，进入大三之后，出乎意料地遇上了那场没顶黑浪。那是断送我青春幸福的头场劫难，被无端曲解诬栽，又因幼稚而无法辨别招架，失去了重心，失去了自我，从心灵到手脚都无所适从。每次从食堂端着饭碗走回无人的宿舍，我总是一边勉强往口中送着饭菜，一边低声泣诵："假如生活欺骗了你，／不要悲伤，不要心急！／阴郁的日子须要镇静。／相信吧，那愉快的日子即将来临。／心永远憧憬着未来，／现在却常是阴沉，／一切都是瞬息，一切都会过去，／而那过去了的，就会变成亲切的怀恋。"这些字句一遍一遍地从心里涌出，泪也一滴一滴地从眼中流到碗里，那一口一口的饭菜也才能苦涩地下咽。

　　一年多后戴着荆冠离开北大，我成了大西北人。人地两生，再加上那种法外服刑的处境，日子显得格外阴郁，不久又遭遇那场大规模的天灾人祸。和我同样命运的大学同窗学友邓荫柯来信附诗，谈他在东北农村的劳动生活，谈他在读书写诗中获得的勇气。我给他回信的第一句仍是引普希金的诗："在西伯利亚矿坑的底层，／望你们保持着骄傲忍耐的榜样，／你们悲惨的工作和思想的崇高意向，／决不会就那样消亡。／厄运的忠实的姊妹——希望，／甚至在阴暗的地底，／也会唤起你们的精神和欢乐，／大家所期望的时辰，不久就会光降。"不久，我和他还有很多多人，包括同期遇难的唐初先生、张元勋、田树生等，果然都等到了"期望的时辰"。邓荫柯日后成为东北著名的诗人和散文家，至今笔耕不辍，每次同窗老友相聚见到他，"在西伯利亚矿坑的底层……"这些诗句，仍会从我的心底喷涌而出。

　　20世纪六七十年代之间的十年，更多的人又赶上了沉重的瞬息，不断的自我否定使人的心情和日子都变得阴郁。一次从干校回北京省亲，我与一位老同学邂逅，她正赋闲在家，箪食瓢饮而颇能独享读书写作之乐。我那时显然已至告别青春之年，时风又没有今日"保持体型"的觉醒，只是由于囊资不丰，给养有限，加上终日亲近大自然，劳作不息，理所当然地与发福无缘。等我匆匆走进她那间客厅、书房兼卧室的屋子，她突然圆睁眼睛哼出一句："我记得那美妙的一瞬。"我走上去随声应和："在我的眼前出现了你，／有如昙花一现的幻影，／有如纯洁之美的精灵。"

30年前的我辈，虽然已非青春妙龄，但仍在人生的盛年，心中本来具有饱满的审美、求美意识，但在那种一切归诸"私"与"修"的形势下，从未能形之于外，付之于实，加之对私与修频繁的"斗"与"批"，灵魂深处唯一所剩，只有自惭形秽；而她这一声平时可能只会当做谐谑来听的"美妙一瞬"，竟让我心花怒放，久积的抑郁症开始有了转机。

八九十年代以来，这位故人时来运转，逐步升迁，并在媒体任要职，大家在各自的岗位上忙碌，反而减少了这种谈诗论文的机遇；她所曾赞羡的往日尚显绰约的风姿，也成了名副其实的一瞬。

上面提到的几位同窗学长和我，都是中文系出身，而且都非精通俄语者，如果不是读了这部中译《普希金文集》，真不知会失落多少抚慰、激励和启迪！因此，我们既然受惠

颐和园内的即兴朗诵（1955年秋）

于普希金如此丰厚，自然不能不感激这些诗的译者诸先生。

身为后半生从业英国文学者，我接触过更多莎士比亚、弥尔顿、华兹华斯、拜伦、雪莱、济慈、哈代、T.S.艾略特的诗，为它们所下工夫远比普希金多多，但是真正深藏记忆、刻骨铭心、奉作箴言的，却哪一位也不及普希金。这首先因为，普希金的诗是镌刻在我少年时代纯洁无瑕的脑子里，永远不会磨蚀；同时也因为，它们是普希金诗的精选，而且中译文辞优雅，音韵铿锵，读来朗朗上口。而这部文集的编辑者和主要翻译者，正是戈宝权先生。

80年代初，由于编辑翻译类期刊，我在约稿中认识了戈宝权和梁培兰夫妇，当时先生已届耳顺之年，仍精神矍铄，步履轻捷，风仪儒雅，思维敏捷。不久我转社会科学院外文所工作，虽未直接与戈先生共事，对他们夫妇的率直热情、办事认真以及先生的诗人气质，更有了真切了解。十余年来，我也受任务驱使，编译了几部诗文，但每想到戈先生编译的这部文集，总是惭愧而又感奋。

1999年3月29日

这两位纠结于心的老人
——狄更斯、罗孚

大概是上了岁数，思维杂乱不敏，拙于条分缕析地行文，近日总有两个名字纠结于心，难以开解。

一是狄更斯。年前，媒体来电来访，相约就今年纪念狄更斯诞辰两百周年来些应景之作；一是罗孚。年初，我应邀赴香港参加这位名作家92岁寿宴，其间有文学同行相约，拟日后就这位老先生新出版文集作点文章。

春节前匆匆返京，齿颊间尚留香岛美食余味，节庆已扑面而来。聚会、出行、赏乐中间，狄更斯、罗孚两个名字伴随鞭炮，不时轰鸣耳际。肯定又是上了岁数，已失却提笔立就之力，新年前后两桩承诺于是从千金化作尘粒，焦愧相煎，将两位老人大名郁结于心，几入膏肓。

一

狄更斯这位英国维多利亚时代首屈一指的大作家，其小说流行于我国已逾百年，此间凡读书识字看过影视者，可谓尽人皆知。如今发起于其本土，蔓延至美、澳、欧陆、亚非之纪念活动，又使这一名字栩栩如生。敝人从青少年始阅其作，粗略仅触皮毛。二三十年前有幸曾重点研习、评论、译介、作传于此伟大小说家，今能重温其作，再为穿越对话，也应是与我同胞读者共享之乐事！

罗孚这位我国当代多产美文作家，20世纪40年代以降，文名先鹊起于抗战大后方，后声贯香港，家喻户晓，80年代后，渐为内地瞩目。2010年至今，其作品精选《罗孚文集》在北京甫问世，即受格外关注与广泛悦读。20世纪80年代与90年代，先生蛰居北京十年期间，敝舍恰与先生居所同区、同楼；且更因先生与其时均健在之先父、亡夫有"共同朋友"（此语典出狄更斯之Mutual Friend），故先生与敝人通家交往之"共同"语言，亦始于此。据此——恕敝人愚鲁，则不避攀附之嫌，而自僭为先生世交晚辈矣。再者，先生雅好佳肴，善饮，吾与父、夫一家三人均俗嗜美食，有酒量，借此近邻之缘，每听先生高谈诗文书画，常佐以餐饮。再据此，不才与罗先生及夫人吴秀圣女士，则又可称实实在在的"酒肉朋友"。

此番香港重聚畅谈，觥筹交错之余，时而翻阅罗先生签赠《罗孚文集》中最新出版分集，有缘拜读更多罗文篇页，归来节后，亦不时翻阅；而此间媒体年轻人仍有来电，于耳边念念狄更斯，不期二位老人在心中之纠结缠绕，竟自豁然开解。

狄更斯、罗孚，这两位相距百年（以创作起始年计）、相隔万里、不同文种作家，竟也有如许近似之处：

二人都来自接近底层寒门。狄氏祖父母都是豪门仆役，父为军中小小文员，曾因家庭遭负资产门而依当时英国法律举家入欠债人监狱，其时这位日后作家已独自离家于作坊间当童工。依其日后言，身处这一对不谙生计、无视子女之父母麾下，自己早年形同孤儿。罗孚祖、父两辈皆为制作经营锁、笼之手艺人，因父早逝而家道中落。狄、罗二人都因家境而未完成高等教育，又是同样早慧、勤奋、嗜书，他二人以自学而完成之学业，都远胜于常人接受正规被动教育之所得。此外，二人又都具备天赋之非凡文学才能。

狄、罗二人文名，也是不约而同地起于青苹之末。他们都是首先步入报业，狄更斯在伦敦《真太阳报》，罗孚入抗战时期桂林《大公报》，都是从最初级编采业务做起，但真正开启山林、筚路蓝缕之时日并不久长。狄更斯以一部《鲍兹随笔》一发而不可收，罗孚则同样以其特写随笔而赢得文星高照，一路顺风。他们又都是以底层写作始，写实、暴露、批判为其思想特征。就作品数量而言，又都是卷帙浩繁。据悉，今年可有狄更斯中译24卷本全集推出，总字数约1400万字。《罗孚文集》八集已出七种，总字数约近200万，恐尚不及其全部已发表作品十之二三。狄更斯与罗孚又都是期刊主办人，狄氏《家常话》及《经年》是助伊丽莎白·盖斯凯尔（亦称盖斯凯尔夫人）、威鲁基·科林斯等大作家成名基地；罗孚则被称为梁羽生、金庸等新派武侠小说助产士。

二

狄更斯、罗孚……行文对比至此，则出现了拐点：二人最初创作文体都属散文短篇报刊文学，但狄更斯三五年间即由此过渡到长篇连载小说。他固然终生没有放弃短篇散文写作，但其14部半多为近百万言。一部部小说成品，才是他创作重中之重，也是至今带领他走进世界各个角落千家万户之主体。罗孚则自始至今以其血汗浇灌杂文、随笔、评论等短篇散文园地。他也曾小试新武侠小说，但浅尝辄止。

敝人孤陋，领略罗氏高文，迟始于上世纪80年代，且仅限于今已辑入《南斗文星高》《香港·香港……》等集中少数篇章。此时期前，身处闭锁，读罗文而倾得异地诸人诸事，茅塞有开；而罗文文笔之清新高妙，亦令一已忝列弄墨行者，愧而思进。上世纪90年代初，罗孚漫卷诗书而南归，至近20年，其新作频出（其中少量已选入《文苑缤纷》），每有机缘拜读，对其立意之诚挚、高远，文笔之犀利机巧，敬慕有加。1997年夏，余与外子应邀赴美加州大学狄更斯研讨会讲说后，顺访彼时正客居该州硅谷之罗孚、秀圣兄姊，盘桓期间，亲睹老兄身在异国，日夜奋笔，频传佳作回香港，且以耄耋高龄仍嗜写作如生命，文思机敏如泉涌，更令我二人感佩。

常言语言文字能力是一种天赋，狄更斯和罗孚都有幸在此方面得天独厚，又加以二人后天功力，遂成就其各自民族语文之大家。近日细读《罗孚文集》之《西窗小品》分集，其中多为相关山川风物、四时代序、高士胸怀等写景、状物、感时等性情之作。其中第二篇《黑暗的日子——重庆杂忆》写于1948年，其时先生未及而立，初入香港《大公报》，观其行文，身为自来生长于中国西南边陲者，而能运用"以北方话为基础方言"之汉语普通话至如此舒卷自如，实为当时不少已成名南人作家所不及。可憾者，先生对自己早年载于报刊作品疏于留存，故此唯一入录之文情并茂佳作，弥足珍贵。此集中又有数篇写于20世纪六七十年代小品，虽其内容带有趋时随潮之瑕，为先生日后自愧自谴，但以纯文体风格论，与集中其他篇章类同，文笔妙曼多姿，色彩丰厚瑰丽，仍不失为美文。由此亦可见彼时先生文笔风格早臻成熟。2011年下半年，再读《罗孚文集》之《文苑缤纷》《燕山诗话》等分集，其风貌之恣意江洋、剀切辛辣、酣畅淋漓，意韵绵长，则更令人读之如痛饮甘醇。

狄更斯也是语文大师，虽一些偏爱贵族化文风之英人对狄氏语文评价并不充分，他仍不愧为"大江东去"与"杨柳岸，晓风残月"皆善咏者。壮阔书写天地风云人世，娓娓历述儿女私情，豪放婉约，他兼而胜任。他以报刊通俗文章之鲜明流畅、幽默讽刺起家，向细腻优雅、庄重深沉渐进，而终不失其大众化之本。体现在其晚年力作《双城记》《远大前程》等集，则更呈现出雅俗共赏、丰厚蕴藉。

通读《罗孚文集》，回顾其近一甲子创作历程，徜徉于其文山词林，一路尽享轻松、亲切、风趣、机巧，时时可见曲径花草、异峰怪石、飞瀑溪流，真犹如精湛工艺师般巧夺天工。他熟谙古今汉语文千百年锤炼传承之种种修辞手段，明隐比喻、正反讥讽、白描婉述、夸张含蓄、引经据典，他都得心应手；尤其在用典方面，他能于毫无做作间即已引据排组，呼应转合，推陈出新。在《燕山诗话》一集，此特点尤为突显。

限于篇幅及敝人专业范围，此文就罗孚作品文体难再深入探寻，今权作抛砖引玉，希冀日后有识文体学家关注。于此敝人仅依一己陋见而言：罗孚先生以其严肃热切之创作实践及丰富多彩之成果证明，他是一位汉语写作之文体大家。论豪放，或略疏于英语写作之狄更斯；论清纯灵动、婉约细腻且富蕴本民族语文优秀传统，则于狄氏有过之而无不及。

三

狄更斯、罗孚，在对此二位作家其人其作对照之间，不意却走到了一个歧点，那就是长篇小说。狄氏大约是从他文学生涯前三分之一之末即正式转为完整意义之长篇小说创作，以至毕其一生。罗氏则以其创作生涯全部致力于非虚构类散文短篇。在其正当创作生涯年富力强时期，尝试新派武侠小说而无果。而仅从其掌控语言文字之功力观，他却又似乎并非当真缺乏长篇小说所需叙事、描绘、抒情、议论等诸多能力。仅抽读其《北京十年》中少数篇章可见，他说故事、绘肖像，寥寥数笔，即纸上跃然；再看其联结相关篇章之自然、从容，也已大有小说章法。上世纪八九十年代留京期间，先生年届六旬，就作家通例及先生本人身心状况而论，似亦不能称其已步创作末期，且先生于其间佳作频出，流布海内外，堪称又一创作高峰。然先生耽于已往此驾轻就熟文类，未作华丽转身去成就其文学事业更高远之辉煌。上世纪六七十年代，先生始试而终弃新派武侠，也可谓其与小说虽非缘悭一面，也是失之交臂矣！

狄更斯的道路则大相径庭。二十七八岁发表一两部长篇小说后，此文学门类就成为他终身为其倾心致力之事业。19世纪英伦此蕞尔岛国，虽也动乱数起，但容纳狄更斯及其作家同胞之书案，尚绰绰有余。因此狄更斯可以独立、自主孜孜于他生来适宜之事业，且据此"向世界揭示的政治和社会真理，比一切职业政客、政治家和道德家加在一起所揭示的还要多"。

罗孚，生于忧患，长于战乱，其文学事业起步伊始，即与国运休戚相关，一旦理想、事业需要他放弃一己兴趣，他则义无反顾勇往直前。20世纪40年代末进入香港《大公报》后，他已不是纯为报馆文学版采编撰文的普通馆员，而是该报副主编兼该报实质性文艺副刊《新晚报》主编。他肩负重任，办刊与撰稿并举，而在肩头这双重重担头顶，还承接着统战这一更为重大任务。于是，办报写作、以文会友、雅集宴饮都不再仅为传统文人名流文学实践之构成。罗孚先生处于此种地位，又怎会有心似狄更斯当年那样专注于个人大部头写作？

罗孚先生天生文质，受千年中国传统文化熏陶，素行温良恭俭，虽偶有文人猖狂豪放表现，遵命为文，应制而诗，在其《大公》《新晚》任上，似应为主流。甚至为其所负上层路线革命之统战工作，其个人写作素材也渐剥离早年之底层写作。

中国古来文人又常奉"文以载道"为圭臬，其实质是重道而轻文，忽视纯文学对政治之相对独立性。即使当年推助新派武侠，罗老总之初衷也非为开发此门派小说本身，而是以此为手段，与对手报刊争夺读者，以扩大自家左派报刊销路。

再与上述为文之道经络相通者，为"学而优则仕"之自古我国文人为人之道，以及"慕君"、"不得于君则热衷"之仕途心态，千百年来此已潜移默化而融于中国文人细胞，与狄更斯之坚持独立写作，安于布衣作家地位也是南辕北辙。观罗孚先生之人生与创作道路，似亦无意间受此道干扰。

遥望古往，近观眼前，国中多少贤达才俊、大师胚芽，因国事政事强力吸附牵引，弃己所长、所好，投笔从政，投笔从戎者，岂止一二！罗孚夫子则从未投其健笔，或应属携笔从政大半生者。其文学之源，始发于故乡桂林奇山罅隙，汩汩飞溅，而成溪涧，逢岩壁险滩而翻滚腾突，继而或蜿蜒幽谷，或滞流淖渚，涣漫浸淫，惠泽一方，而终未如河伯之出崖涘，浩荡荡顺流而东，去拜会并有问于那无端无涯之北海若。

狄更斯、罗孚，他们终皆为文人中之幸运者，他们都在我们这个星球上镌刻出了自己，或多或少。

2012年2月

识英雄于"未遇"

——威廉·泰尔乡里行记

一

真巧！心中正在开始盘算这篇文稿之际，偶然打开电视开关，竟碰到音乐频道播出的《<威廉·泰尔>序曲》。

西洋歌剧序曲，是歌剧前奏曲，以管弦表达全剧概要，为观者制造热身效应。好序曲可以脱离歌剧主体独立演出，我早年最沉迷者，有比才的《卡门》、格林卡的《鲁斯兰与柳德米拉》，再有就是这阙《威廉·泰尔》，罗西尼的曲作。当时播放的是德国某乐团的演奏，没有记下指挥的姓名。管弦错杂中，华美、热烈、庄重、雄浑、优柔的旋律立即带我重返去夏瑞士卢塞恩湖面山脚寻访威廉·泰尔的行踪。

知道威廉·泰尔吗？

我问几位中年同胞女友，有人断然摇头曰"不"；有人稍事犹豫答道"射苹果那人"。

在吾辈以及吾辈以前人中，泰尔属于智勇双全偶像级人物。他因公然表示对奥地利总督不恭，此骄横侵占者竟执其爱子，置一苹果于其头顶，命泰尔张弓射之。箭发中的，子得救。其后泰尔率众驱逐侵占者，实现民族独立。威廉·泰尔在中国曾经家喻户晓，因其时中小学英、中文课本中都记有他的故事；更因百余年前孙中山先生倡导、实践民主革命之时，就将他与华盛顿相提并论。

二

去夏那场威廉·泰尔寻访，经水旱两路先后用两个半日。第一天，近午，从卢塞恩湖南岸码头登游船东南行。又一巧合是，这艘怀旧式蒸汽轮船，名"席勒号"。那部罗西尼歌剧词作据以改编的原作，就是这位德国大作家的手笔！

瑞士这一欧洲中部高原山地小国，向以多湖著称，卢塞恩湖名列其四大湖泊之末。居前的日内瓦及博尔登二湖，为边界湖。卢塞恩则居中央，为国之专有，又因其于瑞士联盟建邦粗具规模时期，是以此湖四周三四湖为基础，故此一带亦为现代瑞士脱离奥地利哈布斯堡王朝而独立，建成瑞士联邦雏形之发祥地。此湖异于其他几大湖另一特点，是形状怪异。大约远古地质时代造山运动中，陆地板块相互碰撞切错发生断裂而成天堑，尔后流水注入，则成大小湖泊。因此，瑞士湖多呈狭长或月牙状。唯此卢塞恩湖，大体也算狭长，宛如河流，但多曲折、弯突，恰似一睡相欠佳幼儿，头颈、四肢、腰臀任意摊伸，形态难以名状。然而异形并未减损它的美丽：静卧于青翠群山怀抱，宛如朗费罗所誉"闺中美少女"，散发着与绿山匹配的青春之色。

沿曲折回环湖岸，错落十余村镇，如今都是优美宜人的现代化旅游休闲景点。游船在湖上迤逦游荡，奔突行止于各码头之间，常令人不辨方向。我此行目的地是其终点倒数第二站附近的"泰尔礼拜堂"。

据史料记，威廉·泰尔此一姓名最早见于15世纪写成的瑞士编年史。其中所记载他的事迹约发生于13世纪，正是瑞士联邦雏成年代。汽船行进途中，右侧平缓坡岸绿树林中出现一片扇形开阔草地。据说，当初乌里、施维茨、下瓦尔登三州代表曾于此计议结盟，共成独立大业，随后又有卢塞恩加盟，形成"四森林州"的联邦实体。我初听瑞士朋友口说这段历史，立即想到桃园三结义的掌故。不久后去苏黎世，在老友罗氏夫妇家中见到他们的混血小孙布布，因他以8岁小小年纪，却能说流利德语及汉语，对中国历史又知之甚广，便提起瑞士也有一处像三结义桃园的地方，他立即不假思索地回答："那是吕特利牧场。"

这里虽貌似幽僻，如今却也是一处设施齐备的休闲胜地。从湖上遥遥望去，绿地当中竖有瑞士国旗迎风猎猎，游人多为有父母相伴的儿童。歌剧序曲中对田园风光的表述应与此情景有几分类似。第一幕瑞士民众秘密集会场所，似也应该如此。

游弋水上约三小时路程，到达弗鲁伦码头，弃舟登岸，沿湖边绿荫石苔小径步行不过十余分钟，即见路边山脚一座半月形窑洞式露天厅廊，前脸由饰花纹铸铁栅栏封闭，内墙列四幅威廉·泰尔故事组画。画作形象多与传说故事情节吻合，且笔触优雅，色彩亮丽，是近代作品。画墙前设简单祭坛，有香火痕。这就是著名的泰尔礼拜堂。

在瑞士像在欧洲许多国家一样，旅途中常可见城乡处处坐落规模不一古老教堂，虽年深日久，却保存完好，且大多结构复杂、建筑静雅，在偏僻幽远地区，也有类似此小礼拜堂之小巧精朴者。歌剧第二幕第一场中，总督府邸城堡附近倾圮教堂之遗留建筑或许正是以此类小教堂为本。

此趟湖上泛舟，往来共约五六小时。有幸恰逢前夜雨后大好晴天，风和日丽，蓝天碧洗，绿水波平如镜。其实卢塞恩湖水也并非永远柔情待客，时而，也一显狰狞。据说，泰尔射中苹果，救下爱子后，总督发现，他身上还藏有另一余箭，即追问究竟。泰尔答曰：如前箭伤杀吾子，此余矢将直中汝心脏。总督怒而执泰尔，欲押解回城堡对之施虐。船行途中，风起，浪高船危，泰尔乘机射杀总督而逃离。歌剧对此情节只作暗场处理，而礼拜堂壁画中一幅，则生动毕现狂风巨浪中那场紧张的生死争斗，此与今日浴和风煦日、品美酒佳肴之旅途享受，自不可同日而语。

三

次日上午，行进方向与前日大同，小异则为改乘沿湖穿山火车。昨天湖上遥望沿岸连绵山麓绿树丛中常有列车时隐时现，出没于隧道洞口内外，频生新奇神秘之感。如今安坐车厢之内，穿透车窗而遥望湖上如动画风光，又是别样新奇神秘。

车至昨所至弗鲁伦码头前一站名西西冘下车，转乘专线客车，不过数站即达一山口古镇阿道夫。镇内十字路口广场正中，一高大纪念碑抢先捉住行人视线，正是我远道而来寻访的威廉·泰尔纪念碑。碑体为庞然方柱形，可见瑞士纪念碑设计精巧之传统特色。底座厚重，主体周边略带马赛克式拼贴图案，碑面正中绘当地山道村落风景。碑顶两层塔楼三角尖顶，似钟楼或瞭望哨。碑体及基座前立小石座，泰尔父子背依家乡风景，挺立石座之上。泰尔右手揽肩头弯弓，左

父子英雄——威廉·泰尔纪念碑

手拢幼子项背，昂首远眺。泰尔子仰头回眸脉脉凝视慈父。此二人组合群雕是近代作品，大气、生动，集英雄豪气与儿女深情于一体。

此地即阿道夫古贸易市场。当年暴戾的奥地利总督于场中央设长杆，将自己的帽子置杆顶，勒令过往居民对之脱帽致敬。泰尔携子行至，旁若无人，扬长而过，遂引发那千钧一发之射苹果一幕……

时近正午，一阵车辆喧阗过后，广场上人迹冷落，除却泰尔纪念碑，不见其他古迹遗踪。纪念碑背后，一条车路直通高山，瑞士人说那一带正是泰尔日常行猎之地。打猎，还有使船弄桨卢塞恩湖上摆渡行人，正是泰尔赖以养家糊口之生存手段，也是其草根平民之身份定位。

四

就近在一家餐馆午餐，热心向导的瑞士老友言："这两天所见真实遗迹实在有限。"语气间略带歉然。我当时即表示大不以为意。这并非出于对向导的虚伪客套，因为：

威廉·泰尔姓名虽见诸史册，其生平乡里故居却无所出，其后世子孙亲族亦无所考，只能视作半实半虚传奇人物，其实也正是瑞士人独立自主自由精神一种诗意的符号。这位智勇双全的猎人兼船夫，英雄正气氤氲弥漫，舒卷牵萦，辉映日月，吐纳湖山，远非一门一户可拘羁，一厅一厦可包容。富裕的现代瑞士人没有穿凿附会，为他大修庙堂，广建馆舍，仅借礼拜堂及纪念碑，点睛式具象其口传事迹，这反而为人腾出更多想象、追味空间。

也正因如此，经这两日参谒，实质性所见虽寥寥，却也实实在在是乘兴而来，兴尽而归，满心饱足。这卢塞恩湖色山光甘醇空气，正是一座千古不废的威廉·泰尔露天大博物馆，从中，我全身心感受到他的浓烈气息。这也可算作另类识英雄于"未遇"，或谓识英雄于山湖。

2010年4月

锡雍，你载了多少沉重！

2000年9月中旬，盘桓瑞士的一周，是一首间奏曲，回旋跌宕于我和张扬那趟欧陆游学的交响曲之中，其中的锡雍古堡之行，就是这首间奏的高潮。

那年8月底，我们暂别了伦敦的英国朋友，从多佛渡海峡登对岸的加莱，在巴黎、阿姆斯特丹、布鲁塞尔、滑铁卢穿梭两周，入瑞士境，在日内瓦火车站与等候已久的埃瑞克会合。他和太太莉莲是我从1988年开始结识的同行好友，这次瑞士之行，是他们多次相邀的结果。此前那两周，真是马不停蹄一路奔波。异国风物给人从内心到感官的空前享受，疲劳程度已达饱和，这第三周登堂入室地在朋友府上做客，是一次多么恰逢其时的休整和放松！这一对体贴周到热情慷慨的夫妇，不仅为我们在他们那背依汝拉山、俯临日内瓦湖、隔湖遥望阿尔卑斯山的典型瑞士村舍式住宅安排了雅室、美食、聚会以及市内音乐会和游览，还带我们游了湖畔山水胜景，以及张扬40年前在此工作生活的遗踪，而且还乘三轨爬山火车远登阿尔卑斯山，使我们这七日休整有劳有逸，充满张力。等到周末重回日内瓦火车站，宾主依依惜别，任列车带我们继续辗转奔赴罗马之时，心中不免大兴"山中方七日，世上已千年"之叹。

下榻埃瑞克和莉莲家次日下午，他们驱车带我们南下蜿蜒但却平坦的山间汽车路，先到日内瓦湖边，再沿环湖公路东行，不久就遥遥望见那座伫立湖东端的古堡，在静谧如镜的湖水衬托下，轮廓鲜明、完整，造型古雅、坚实，像一座精致玲珑的欧洲古建筑模型，瑞士人总自豪地称之为"我们

瑞士的湖花——锡雍古堡

的湖花"。

远望它似乎坐落湖畔岸边，走过入口通向堡内的廊桥才明白，原来它是据一座孤立于陆地之外的岩石小岛为地基而建，去岸不过数尺，四面环水，形成天然的护城屏障。如今这座入堡通道廊桥，就是古代吊桥的所在。举目再看这座古堡的位置：南北夹阿尔卑斯与汝拉山，足下是罗纳河流经潴流的日内瓦湖，古代，是连接勃艮第、佛兰德斯（今属法国、比利时）与罗马这一带高山河谷的咽喉。战乱纷繁之中，这里是兵家必争之地；旗偃烟消过后，它又成为商贩和朝圣者往来的必经之路和税卡。考古学家对这块总共不过4000余平方米小岛作地下发掘后说，青铜期人类祖先就已在此繁衍生息；古罗马时代，这里已开始成为防守要塞。其后经过北方南下蛮族和中世纪长年征战杀伐，它则频易其主，其间占领时间最长的，应是属于哈沃斯堡家族萨沃伊的历代伯爵和侯爵。这座建筑群虽历经数百年屡次增、扩、修、改，外观却齐整和谐，圆塔方楼和各种形状的尖顶参差错落，竟像由某位天才设计家一气呵成。深入古堡内部，跟随向导升降上下，走过它的庭院、厅堂、居室、库窖，细听他的讲解，才多少领略了岁月在此的雪泥鸿爪。

比起欧洲那些显赫王室世家的城堡，锡雍虽然并不宏伟，却也功能完备，是供封建领主起居、饮宴、执政、仓储、屯兵、囚敌于一体的建筑群。虽然历经千余年沧桑，而且遭逢过1584年地震，却毫无倾圮颓败痕迹。其实，这座古堡粗具今日规模，还是近在18世纪以来瑞士人的劳绩，但是它又没有欧洲邻国同时代新修重建一些城堡的那种金碧辉煌、浮华奢靡。厅堂内笨重简陋的原色橡木家具和墙饰、私室里褪色的铺设和帷幔、廊道和厨房中粗重的兵器和炊具，都在默默还原着工业化以前的生活气息，幸免了中外一些著名古迹被后人强加于其身的俗丽；这样，稍息于它的室内突窗的窗台，静观着窗外近在咫尺的层层涟漪，似正乘坐一艘巨轮泼剌前行，也更易于领会它曾经的真实，缅怀它长年所承载的历史的沉重。

这座建造在磐石之上的厚重古堡有能力承载历史的沉重！在我们匆匆瞥过它的重重内部结构之后，下到底层最为隐秘的地方，才算是进而领略了它的分量，还得说是仰仗了拜伦。是他的一曲《锡雍的囚徒》让这座古堡声名鹊起，远在其他诸多显赫欧洲王公古堡之上。我们默忆着这首十三节长诗的章句，终于寻到了古堡底层东南之端的石窟式牢狱。

　　自由！你是无拘无束智者不死的精神

你是地牢中的万丈光焰。

因为这里有栖止于你的心——

那是唯有你的眷爱才能将其制服的心。

当你的儿子们困于镣铐，

和这暗无天日的阴湿牢房，

他们的国家因他们受难而获胜。

自由的英名展开翅翼迎风翱翔，

锡雍，你的监狱是一处神圣的地方，

你那惨淡的地面是圣坛——因为曾经波尼瓦踩踏！

踩踏得每个脚印都留下磨光的凹痕，

仿佛那冰冷的石块就是草坪。

——愿这些印记永不消失！

因为它们在向上帝申诉酷政。

这首十四行诗，正是长诗的《序诗》。

这里有三间巨大的石室，全由粗粝峥嵘巨大的石块铺砌垒叠而成，并不像拜伦所说的那样潮湿，一度还曾用于储存兵器、粮食——只是阴暗。这里曾监禁过领主的政敌和反叛者，还有形形色色的刑事与民事罪犯。三间相连狱室尽头的一间，才是那首诗的背景：面积最大，洞窗狭长，室中间一行七根粗大石柱和拱券屋顶将整个空间隔成六间哥特式拱室。室内空荡无物，每根圆柱下部深凿的圆洞孔和深深钉死在孔内的铁环，成了这里唯一的雕饰。

> 每根柱上安有一个环，
>
> 每个环上拴有一根链，
>
> 这铁器是溃烂之源，
>
> 因为那些链齿在肢体上留下了
>
> 永不消褪的咬痕……

拜伦是这样说的。

1816年，28岁的拜伦到此造访。在这洞牢房入口正数第三根柱上，至今深刻着他的名字，据说是拜伦亲手镌刻。我走上近前，踮脚举手才勉强触到它那深深的凹纹。

我们一路参观至此，看到城堡内外墙面虽然粗糙古旧，除在这间牢房东北角隔离出一间专供幽禁死囚的耳室内看到过许多字迹模糊的囚犯遗言和签名，还从未见任何游客所留"到此一游"的大作，难道拜伦当初参观到这里竟会动此雅兴？埃瑞克的一句话则更加支持了我们的疑惑："这里的石柱如此坚硬，拜伦又是天生的跛足，在那样高的位置雕刻，实在有些不太可能。"

　　心中怀着对这一勒石留名似是而非的认知，走出这间牢房，告别锡雍，归途一路还在谈论、思索拜伦的那首长诗。在锡雍的编年史上，确实记有一位和拜伦的囚徒同姓的人，叫弗朗西斯·波尼瓦（1493—1570或1571），他本是日内瓦的主教，因反对萨沃伊公爵对自己城市的控制而被一场鸿门宴式的计赚活捉，两次入狱，第一次囚禁数月，第二次历时六载，其中四年就像家犬一样被铁链拴在这间大牢的第五根柱子上，直到瑞士人拿下城堡，才获释重返日内瓦，以著书记史毕其余生。拜伦诗中那个波尼瓦还有两个弟弟和他一同受难：

> 他们把我们一一拴在石柱上，
>
> 我们是三个——一人一根，
>
> 我们一步也不能动，
>
> 我们连彼此的脸也看不清，
>
> 在那惨白青灰的光照下，
>
> 我们看着彼此是那样陌生。
>
> 咫尺——天涯
>
> 铁链紧锁，心心相映。

在尘世纯净的要素尽皆缺失中，

这毕竟也是一些排解：

倾听彼此的言谈，

用来日期望与往事前尘，

或以引吭高歌，

彼此报以慰安；

但即使这些也渐趋冷落。

我们的音调日益悲戚，

在石牢中回荡，

嘎嘎刺耳——不再圆润流畅，

像它们往常那样；

也许这只是我的幻觉——但是我听来一点也不像自己的声音。

随后，这两个弟弟相继死去。身为长兄的"我"费尽心血未能挽救他们的生命，他亲身见证了挚爱骨肉的死亡。但在可怕的禁锢、黑暗、孤独中，他透过狭窄的狱窗，听到了鸟儿啁啾；而且狱卒突发善心，打开了他的铁链。于是他能够挪动，能够看到窗外的蓝天、灰地、远处的城镇、白雪、高塔、湖面上鼓风而进的白帆；他还看到绿色的小岛，岛上的绿树、鲜花，振翅的苍鹰……但自由是那样短暂，他又重回桎梏，陷入墓穴。

拜伦在发表这首诗时自己也说，对瑞士的历史，他并不了解，这是大大的实话。在这首诗中他借助波尼瓦这一历史人物的姓氏鼓振想象的双翼，感同身受地描述了失去自由的可怕境地；又借助那无中生有的两个幼弟，图像化了连同自由一起，人所失去的尊严和爱的权力。诗中语言直白，意象具体，毫不含糊诡谲。从诗艺上说，似乎失于浅近，但是庄重、恳切，不作戏说与妄谈，似乎是轻而易举地营造了一种符合文明未尽开化时代的氛围，揭示了它那像监牢一样的阴晦丑陋，使人看到人类的传统与文明，都曾拥有怎样的沉重，也因此而不失深远。返回我们所来之路上停车的地方，面对熙攘如流云的车辆，还有游人轻如浮萍的步履，我们更加尊重锡雍这座坚实城堡所承载的沉重。

当年那次瑞士之行，距今已六年有半，这个美丽的中欧中立小国的山色湖光仍时不时浮现眼前，特别是去夏张扬长逝以来，埃瑞克和其他瑞士朋友连续寄来唁函、唁卡之时；而其中那座锡雍古堡，坚实、宽整、古朴、优雅，更在我心中瑞士那幅山水画的中心位置。那是我们心仪数十年的胜迹，又是张扬在英姿勃发的盛年亲自驱车于日内瓦市区、湖畔日夜为国奔走效命，以致真正呕心沥血，做下晚年罹患绝症病根，却从来无暇一游的地方，就在2000年的9月6日上午，我们终于触摸到了它的砖石，吸吮到了它的气息，心中尽是如愿以偿的快慰。今日，重忆并记下这段幸福的经历，心头又别是一番悲凉与快慰的交汇。

2007年3月18日

卢塞恩四奇

一、奇山派拉特斯

美的地界各有各自的美，卢塞恩之美，美在神奇。

走出卢塞恩中央火车站，仿佛回到了童年所途径自己国内殖民化的城市地段：19世纪兴建的商铺、住宅，平庸、略显败破，令人兴味索然，当年那种身在异乡为异客的孤独与不便的记忆，也油然重现。然而拐弯抹角三五步间，竟像入魔境一样，一派湛蓝的河水，在眼前突现，河上一座婉转横跨的木廊桥，河心桥旁还有一座古堡式圆形水塔，立时，身心为之一振。预定的旅馆，就在河对岸的桥头岸边，跨上廊桥，就像是投入了中世纪的遗风古韵。

卢塞恩（Lucerne），这一带属瑞士德语区，当地人发音为卢赞（Luzern）。这个名字初入脑际，是读俄国托尔斯泰游此地所写日记体小说之后，时志1857年7月8日。我抵达日期，是2009年7月28日。托氏那篇小说与此城同名，旧译作琉森，拟为俄语拼读与字母名称发音相同而将u读为iu。今秋，卢塞恩音乐节人马移师北京，献艺国家大剧院，国内传媒仍采用琉森译名。

这是由中世纪小小渔村演化而来的古老城镇。13—14世纪，瑞士联邦逐建时期，这里曾为首府。我下榻旅馆，紧邻那座著名的卡佩尔木廊桥北端，背依老城区边界，面临茹伊斯河。房间在旅馆二层，简洁的单人间，法式落地窗外，就是仅有一条滨河街之隔的茹伊斯河。这条不过200余公里的水流，源自南部高山冰川融冰，奔流而来先注入卢塞恩湖最南端，再从此湖最北头继续北去，辗转汇入莱茵河。

卢塞恩古城，初始不过一小小渔村，就坐落在这条河水从卢塞恩出口的源头。从房间内排扉跨上阳台，水色山光顷入胸怀。眼底正是河水辞别卢塞恩湖奔流而下的起点。河湖之间，如今是一座钢筋水泥长桥。河口宽阔，水面潴留，俨然一泓泄湖。光天之下，原本纯净的河水，由两岸青山翠谷映照，呈青绿色。这也是我所见瑞士大小河湖的共色。风平之际，水波不兴。一日晨昏，日出日落的霞辉，在两岸尘嚣尽洗之中肆意挥洒，洇染上一层紫晕，才使水色尽显它的绝色。越河远眺，正对面是派拉特斯山。又像我所见瑞士境内阿尔卑斯山系诸峰，山腰以下，茂林幽邃；以上，坚石突兀，轮廓简约，高峻庄重，气势逼人，难消的积雪，正是中国画画家施展皴点之技的上好模本。

到卢塞恩的第一夜，逢雨，云雾朦胧中，山又换了一幅奇秘身影。导游书上曾有一段关于此山一火龙喷火作怪的古老传说，做我临时向导的当地学者朋友盖娄先生则指点山水侃侃道出另一版故事：山取名自一位天主教殉道神父之名。宗教改革时，他因坚持信仰，诟病异己，遭割舌而亡。其尸运往附近瑞士、法、意、德各地，均未得敢收纳者，不得已而殓葬于此险峻荒山，随后山多异象，遂谓之鬼山，无人涉足。近代，二基督教教士探险攀登，证实其并无凶险，始开放。

次日雨过天青，隔岸西望，山确似人迹罕至野岭，其实，山脚滨河公路、铁路，早已迂回通向山顶。山坡密林深处，更有汽车路及大小吊车索道，均可直达顶峰。山顶背后，

远眺派拉特斯山

更藏有餐饮、滑橇等休闲、消遣设施，一年四季游人络绎。

瑞士朋友，多有登山滑雪雅好，我却屡负主人盛情。一则如今已有年齿、健康之虞；再者，追根溯源吾非山民，山，于我，总逊于河、海、湖之亲切，遂对之心怀敬畏，而眼前这派拉特斯，高山仰止，景行行止！其时其刻近临其足下，不禁慨然而叹：那些如今腾跃奔突于其峰巅、陡坡的健男勇女，在以金钱换来惬意之时，不知是否关注过那位传说中长眠于斯，为信仰而献身的老朽烈士。

二、奇雕雄狮

城乡外景雕塑中，狮是一种何等寻常甚至滥俗的形象！以我之鄙陋，平生所见狮形雕塑，古往今来，无论中西，无论手艺如何瑰伟工巧，情态则大多威猛之余，失之呆板。在卢塞恩城内，却见识了一尊不同凡响的石狮。

欧洲众多名城中新城之新，是相对于中世纪之古，新城镇是十八九世纪工业革命以降的成果。资深的卢塞恩古城，只占茹伊斯河北岸偏西一隅，如今的河南岸以及城东沿卢塞恩湖周边，均为古城之后陆续新建。

从我下榻的古城区旅馆迤逦东行，经过河与湖交接处的大桥桥头，过天鹅广场，走上滨河大街，路北的瑞士大饭店，正是当年俄国托尔斯泰记游的所在。

在短篇小说《卢塞恩》中，托尔斯泰偶遇流浪艺人街头演唱，又与他共饮畅谈，都能依所述找到遗踪。比他稍长的英国特罗洛普在他那部不算重头的长篇小说《你会原谅她吗？》开篇，对旅馆、门前汽船码头、湖色、"狰狞悚人"的派拉特斯山以及左侧坡地上天主教大教堂、墓地、沿街拱顶走廊等则描写得较托氏更为翔实。在此二公之前一世纪的英国绘画大师特纳也曾依此视角作多幅风景画传世，但其荒野天然氛围，已与这两位小说家所述大相径庭，与如今，则均更无法同日而语。

过熙来攘往大饭店数步左转，沿一斜坡长街北去，渐行渐高，人烟渐稀，不久渐至一林木环抱开阔地，中央为一四五十米见方水池，池正北侧壁立山石上，开一孔石窟，中有一庞然雄狮。与向所见之中国石窟佛像一样，是从山岩石壁上整体开凿雕刻而成。其侧卧姿，头枕右前爪，鬣毛散披，左前爪前伸，瘫垂于基座边。关联这颇有知名度石狮的，是一段入载青史的故事：法国大革命期间，在1792年8月那场战役中，武装起义者清晨进攻杜伊勒里王宫，与国王雇佣兵卫士激战。久困宫内的国王却早生妥协之念，不仅不御驾督战反而暗自逃遁，此800余官兵则或战死，或被俘而走上

无奈的雄狮

断头台。其后，因此八百将士中一幸存者倡导，勒此石狮为碑，纪念他惨烈尽职的战友。

这无疑是良工的杰作，作为百兽之王之狮，通体线条不论巨细流畅自然，组合出那样一种力有余而心不足的情态。再看它颜面五官细部：锁眉低眸，耸鼻张口，欲哭无泪，欲吼无声，满面悲戚，已是远过于狮兽的人类情怀。而就在这无声与有声之间，石狮令我们看懂的，已不仅是失败者壮志未酬的无奈与遗憾，且还有将生命被当做货品而买卖的残酷。

稍退后为石狮留影，远距离再做观赏，狮王浑厚、雄伟，仍令人肃然。遥想那位懦夫法王路易十六，素昔养尊处优，临难弃绝扈从血肉，暗自逃之夭夭……雄狮，你为何如此悲伤？你感到，最令人心碎的是不是身为局外，却被卷入狂暴纷争漩涡之心的深渊？是不是你恪尽职守为之效命的偶像竟只是一介泡影，一堆污泥？

路易十六从宫中逃遁后，虽然短暂苟且偷生，继续卑躬乞求宽宥，最终也并未幸免于屠戮。如今，他那颗曾经血淋淋高悬的断头，久已化为腐朽，消于烟尘。尽管至今仍有客观的历史省视者解说他并非昏君；他的那位王后曾继其后高悬的血淋淋断头也屡为怜香惜玉之现代骑士所惋叹。但是，无论如何，他们以己高贵之身，总无法留下像这石狮一样坚实、纯净的美。

人云美国的马克·吐温曾称此石像为世间最哀伤感人之狮。我无暇查其出处，但切望知其对此评断是否还有详解。

三、奇桥斯普茹伊

流贯卢塞恩市中的茹伊斯河段，大约不过二三公里，其上大小桥梁却有六七座，多为平板现代钢筋水泥构建，因不同凡俗而最著名的，是那座卡佩尔。因其近在我下榻旅馆房间窗前，几乎成我出入往来的必经之地。它确为此城最惹眼景点之一：多节曲棍形、木板结构、红棕色、半封闭廊桥，顶盖与两侧短围墙间由木柱接撑。围栏外侧拦腰横饰一道红花绿叶彩带，远看犹如一件件排列成行饰花吊带裙。

以我所见，此为最漂亮的一座廊桥。试比较佛罗伦萨阿尔诺河上"老桥"维奇诺，虽其知名度无疑更高，但我走过时，桥两侧已是高档饰物珍玩商铺鳞次栉比，拥挤不堪，若非注意到脚下方尚有河水，则俨然会误以为是走上了一条扰攘鄙俗的普通古老步行商业街。美国小说《麦迪森桥》（通译《廊桥遗梦》）中那座廊桥么，虽一再为人物赞曰beautiful，以我之拙眼从电影中得见，其简陋甚至难及初等审美层次。也许，仅以亲历或从画面所见国内广西、江西等南方村野幽谷花桥，从造型、材质、装饰等方面，堪与媲美。

据说，此桥起自14世纪，但已毁于1993年一场大火，现存仅为灾后仿古制品，其结构所幸仍存文艺复兴后样式主义风格，其作为古物，色彩之明丽耀眼则已难怪。再细看桥内一段段顶板横梁，三角形，板面上饰彩绘图画，颇似我颐和园长廊内枋梁上彩绘，但至今并未修补齐全，由此也可见那场火灾造成损失之惨重！这些三角形梁上所绘，为当地中古人物故事，因铭文为德语而不得其内容之详；而至今仍未令我多作深究者，却因到卢塞恩不久，我对此桥此画兴趣就被另一座桥及其绘画所夺。

在抵达当天日暮，和同行日内瓦老友克里斯汀先生应约在旅馆外河边露天餐吧与其老同事及好友盖娄先生相见。盖娄先生是退休英语教师，又是当地文化名流，其时正为筹办接待即将来访之一中国新闻代表团和9月举行的卢塞恩音乐节奔波，当晚是刚刚乘火车风尘仆仆赶回。落座后三言两语讲述了近日繁忙景象，立即提出带我们小做一次walk（步行观光）。尽管宾主双方都已经历整日旅途劳顿，且此时已有雷雨欲来征候，我还是欣然从命。

从旅馆背后老城街区石铺路出发，向北、向西，数百年私宅公廨，雕饰华丽的喷泉碑柱，开阔通达的露天广场，都在阴云密布的夜色中借路灯朦胧领略。

夜雨降临，始仅淅沥，渐至哗然。欧洲当地行人，极少随身携带雨具，我早已入乡随俗，也仿佛在大学校园中时，逢雨常跣足披发、无遮无拦酣畅承受天赐甘露的淋洒，紧随快步引路的盖娄先生继续赶路，不久已离开街区，行至茹伊斯河西北一段岸边。这里，河道骤狭，水流也变得桀骜不驯，雨水与急流喧哗交响，我尚未及担心淋透致病，已被瞬间带到一河上廊桥。起初，我真误以为这是已回到了卡佩尔桥；凝神细辨，才发现此桥与卡佩尔虽略似，却又大不相同。桥上顶盖、侧板、地板同为木质，但一色青灰，像耄耋老者的皱皱皮肤。结构虽同为曲棍形，但弯曲度小，且全桥长度大约仅及前者之半。这一带地方，已远离市中闹市，雨夜之中，桥内阒无人迹。盖娄先生停下脚步解说，此为与卡佩尔同时代古桥，名斯普茹伊。他介绍的重点，则是一件件廊桥三角横梁上的绘画。

借助不甚明亮路灯约略可以看出，画风与卡佩尔桥上者大致相同，但色彩暗淡，显出其不做作的古旧；而其最为引

卡佩尔桥

人注目、也最为令人毛骨悚然之处，则是每幅画中居于要位的"人物"，却是一具骷髅架，或披戴常人服饰，或全身裸露！当此夜雨无人之际，身置古桥蔽廊之中，四周，大雨倾盆，头顶，雨水铿然敲打顶盖，脚下，河水受急雨驱策更加狂放，更有我一行三人足踏地板阵阵回音，真真是一出管弦齐鸣，铙钹大奏又伴有合唱的交响大乐！如果不是盖娄先生前行引路，克瑞斯汀先生断后护卫，在这样的夜晚，我断然不会独自来会见这么多阴森可怖的骷髅！

　　幸好，此时雨势渐弱，我们已走到桥另端。我们一行三人弃桥登岸，紧沿河边东去回路，却是南岸一排大厦后身与河道间小小夹道，仅有一人之宽。虽然此时急雨已过，但人在露天，右侧黑森森高楼壁立，左足下河水奔涌响声雷动，因此仍是脚踏高岸条石忐忑而进，在与急流竞逐中，终于回转卡佩尔桥的温柔繁华地段。此时此地，灯火未见阑珊，人间世俗生之乐章，仍在上演。与这位出生伦敦、操一口漂亮英语、短小精悍的卢塞恩老先生道晚安时，虽鼓勇故作镇静，其实仍心有余悸。

　　游艺生涯犹如转蓬。一日体力、精神亢奋经历换来了老人最为珍惜的酣睡。是夜，雷雨未止，惊天动地。朦胧间似曾自问，是否河对面那派拉特斯山上又在兴妖作怪？但一经入睡则沉甜不醒，直至次晨朝霞满目。

四、奇画《死神之舞》

卢塞恩倦游回归日内瓦，收到曾为我小做向导的盖娄先生惠寄当地相关补充资料，中有朗费罗《卢塞恩廊桥》一诗，是其诗剧巨作《珍贵传奇》中的一章。诗中的廊桥，即指我夜游那座斯普茹伊桥，而绝非那似身着吊带裙美少女的卡佩尔，因为此诗的大部分诗节都用于描述斯普茹伊桥内那些以骷髅架为主角的组画。诗中，主人公亨利王子昼游斯普茹伊桥，在光天化日之下湍流喧腾的河上，进入桥内，观赏到廊顶三角横梁上人称《死神之舞》的画作。诗人借亨利王子之眼与口，传达了画中意境，并加以感慨：

第一幅：一年轻男子向一修女高歌，此双膝下跪虔诚祈祷之女子却回眸睥睨此青年；与此同时，死神化身之骷髅则正在熄灭神坛上圣烛；

第二幅：他（死神）偷用弄臣帽子、手铃，与皇后共舞；

第三幅：满怀情爱的新娘刚刚随其夫君步出教堂，骷髅就向她敲起了他那令人胆寒的破鼓；其下方的铭文曰："除非死亡，无物能将汝与吾分离！"

第四幅：骷髅弹奏杨琴，一贫媪手持一串念珠，在后紧随其声，快步追赶，铭文曰："死比活难！"

看到此处，亨利不禁大声疾呼："快走，勿在这死神之大画廊内停留。我讨厌这种意念！因为：

'活，凡此有关之种种，均堪珍爱，

死，凡此有关之种种，均可憎恶。'"

亨利王子从廊桥走出后欣喜若狂自白：

"我又能自由地呼吸！啊，多快乐，再次回到光天化日之中，

走出死亡的阴影！又听到

我们的坐骑蹄踏实地，

而非那架空的木板，

发着鬼蜮的回声，像泥土

覆盖在教堂墓地的棺木上。在远方，

四森林湖（卢塞恩湖别名——笔者）

身披洒满阳光的盛装呈现，

像村中少女，养在她故乡群山的深闺，

一朝将她整个生命倾注入另一人中，

更名换姓，改变一生！在头顶，

派拉特斯山，披着松涛，

摇曳着飘逸空中的缕缕白云，高耸。"

朗费罗，这位美国的桂冠诗人，多产，通俗，声誉远播，但也因其浅显而遭诟病，身后寂寞。但从此诗，我们似可看到他那色彩斑斓的创造力以及对生与死这一重大主题的深度思考，而且毫无疑问，整个诗的创作，明显受到但丁《神曲》的影响。

人常言，爱情是文艺创作中永恒的主题，其实，生与死才是涵盖更长更宽的永恒主题。只不过，爱情与文艺通常多是年轻人之事。他们在自己生命之河像卢塞恩的茹伊斯在汹涌奔流的早盛之期，大多无暇旁鹜生死问题。老人，在他生命之河渐流渐近死亡，对生与死的颖悟也才渐多渐深；但他们自身创作的能量与灵性，却已大多逊于少壮之时。只有早熟的天才，能够较早对这一主题有所颖悟并予以艺术的表达。斯普茹伊桥内《死神之舞》组画，据说是一位名凯斯帕·梅格灵格画家之作，大约绘于1616至1635年间某个时段。无疑，他是一位富有才情的画家。

在桥上看到这组画次日上午，在卢塞恩老市政厅大厦三楼的回廊内，我又遭遇同题一组巨幅油画，共七幅，由雅克布·凡·威勒，绘于大约1610—1615年间，此画家逝于1618或1619年，与廊桥上组画应属同时代。它们也同属于称作样式主义的画风，一种介于文艺复兴和巴洛克之间，也曾风靡

《死神之舞》组画（之一）

欧洲的艺术创新尝试；其实它们并无统一"样式"，而只是画家在模仿遵循前辈中，力求有所突破，从而完成自己个人独有风格。它们又同属于生与死的主题。莎士比亚名主角在舞台上面对观众，大略也在这同时代，也曾就此主题质疑。19世纪法国音乐家圣·桑据同国亨利·卡扎利诗作获取灵感，谱成与画同名管弦乐曲，更为此主题增添了声响。

　　作为美术领域门外汉，在西方大小画廊观赏古典绘画，我最为关注的还是作品表达的主题。《死神之舞》组画中死对生软硬兼施，诱惑、威胁、逼迫的种种行径，引发我这屡遭丧至亲、失知交的古稀之人遐思无限：人啊，无论男女老幼强弱贵贱智愚贤不肖，从生之始，不是无一例外地时时都在与死神较量！人体在生的过程中，正是靠不断对死的战斗与取胜得以存续。存续或长或短，终归仍负于死。既有生必有死，这是无可逃避的事实和定规。天地之间生命长河之旅，生命个体存在的意义，归根结底，就是发现、拥有、珍惜并感受生命。正因如此，朗费罗令他的亨利王子在死亡之桥稍作逗留，旋即重新投入了活人阳世。

2009年盛夏的那天雨夜，我也匆匆走过了那座神奇的死神廊桥。次日，泛舟卢塞恩湖归来，黄昏时同行的日内瓦克瑞斯汀先生提议再作斯普茹伊桥散步，我立即断然否决。那时，我还没有读过朗费罗那首诗，但也像朗费罗所构思一样，要尽快远离死亡，投入阳光普照或灯火辉煌的生活。岁末，在我陆续书写出这篇卢塞恩之旅回忆的间隙，给朋友们分寄新年贺卡中，有一张寄赠给盖娄先生。附言曰："谢谢你这番短小精悍的导游，它使我这个当代现世匆匆过客在卢塞恩经历了一场从人世到死域，又重返人世的奇妙之旅。"

2009年12月23日

平遥·阿维农·呼唤绿

乍暖还寒，有缘搭乘友人私车，晋中一游，主要目的地是近年声誉鹊起的古城平遥。往返风沙迎送，满目灰黄的尘埃，掩盖了路树和草麦初萌的绿。但是乘小轿车飞驰在这条往日仅曾乘火车经过的地段，也算轻车熟路，感受到在欧洲乘汽车行游的惬意。

从北京长驱南下，至井陉西去，穿深邃的太行山谷；过险峻的娘子关，就攀上了"山右"高原。这一带山高，谷深，河流蜿蜒，土地在初春全然裸露，整体景物呈现出苍凉的壮美。沿途县市，多有古雅的名字：平定、寿阳、太古、祁县、介休、灵石，再加上那雕梁画栋的古宅王家大院、乔家大院合坐落山崖、平川的天罗、双林等道、佛古观寺，折射着千百年的文化底蕴。但是在这风光片似的长幅画卷中最强抢眼的一组，还是从灵石折回停驻的平遥，在群山环抱的太原盆地南沿，在逶迤南去的汾河东岸，悄然屹立。近数年旧去新来，古旧建筑神话般为新楼洋厦所取代，这座城池完好得真是令人惊喜！整齐的壕沟、墙体、垛堞、女墙、敌楼、瓮城、角台……远望仿佛沙筑石雕的模型。与我早年记忆中的北京以及后来的南京、西安、成都相比，它没有帝王京都的雄伟壮观，但比我所见内地中小古城银川、兖州、保定、延安，则清丽许多；而且不管是帝王之都，还是郡县小城，如今多已面目全非，远远比不上平遥的完整。听说荆州也是一座至今保存完好的古城，可憾我尚无缘一睹。

也许是近期记忆更加清晰，走近平遥城池尚未入门穿街过巷，我却猛然想起另一座异国遥远的古城，那是法国西南接近地中海的阿维农。使我产生这种联想的，首先是它们那完好紧凑的格局，城垣高度大约都在十米左右；不过阿维农的城垣，自有它那南欧风格的独特造型。显然那不是用于军事的目的：墙体单薄，但是上宽下窄，给人沿墙头走动留下了方便；它的垛堞长而间距窄，斜突在外墙面之外，在城门洞顶，构成带牙边的四方漏斗形，以我这少见多怪的眼光看来，真是新颖独特。

将阿维农与平遥比联，因为它们还有不少共同性质：同是文明史前就有我们人类老祖宗活动的遗址；同是一两千年前城市就已粗具规模；同是在中古商品经济初生后贸易行为中兴旺发达；又同是因宗教（基督和佛道）的推助而使其繁

平遥古城垣

荣锦上添花。

如今保留的平遥城池格局，是明清形制。走进城内，仿佛骤然退回三五百年前的生活时代。南大街上市中心的市楼，黄顶、朱栏、黑柱、三重檐，门洞上首的横匾大书"金井古县"。这里是这座城市商业性质的主要标志。所以有金井字样，据说是因为当初楼下有井，水色如金。在讲究风水的古人眼中，这自然是财源不尽的象征。在阿维农和欧洲许多古老城市，通衢广场多有喷泉，实际上是明井。我国城市，像古代济南那样"家家泉水，户户垂杨"的虽不多见，繁华要地则多有井址，实际上是暗泉，两者都说明水对文明、发达之切要。

平遥南大街市楼南北街道两旁，店铺、作坊、票号、饭庄、民宅，由于保存了久经岁月剥蚀的朱红、漆黑、靛蓝、赭石等原色，而显得古朴。这是父辈、祖辈生活时代的面貌，是我们自己民族文化传统的一个组成部分，在这个地球上，它独一无二。在伦敦、旧金山、温哥华、曼彻斯特、多伦多、卡尔蒂夫……携带着深厚中华文化辐重的人移居异国他乡，建起大大小小的中国城，彩色牌楼、大红灯饰，鲜红翠绿龙飞凤舞，那是我们民族的色彩，但是并非全部。每逢当地朋友陪我们走过这些地方，我常要絮絮解说，它们大多属于我们传统民俗文化，生动、有趣，但是并未，也不能，囊括我们那数千年积攒的更精更雅的珍品。20余年前国门初启，率先步出者首先看到了海外中国城浓墨重彩的红红绿绿，竞起效法，在境内多少古雅的建筑文物身上大施漆色，将地地道道原汁原味的真古董装扮得看似假古董，有识之士对此已早有所异议。我以机会有限的见闻所得，则感到巴蜀盆地，三峡两岸星布的古迹文物，则较多的保存着岁月苍迈深沉的履痕。而平遥古城在近年加盟"世界文化遗产"之列当中，也保持了自己的古朴典雅，没有投身沸沸扬扬煎炒烹炸的锅釜。

阿维农也属于"世界文化遗产"。同样以它的古朴典雅诱人。它的主要建筑材料，是浅灰、淡驼色

阿维农城门

石块、灰泥和板瓦，方形塔楼、尖顶教堂，半椭圆形拱廊，是雄奇瑰玮的哥特式典型。走上它那林荫森森，沟水潺潺的幽僻小巷，浏览沿路古老的住宅、书肆、咖啡馆、杂货店、售花摊、小花园，没有蒸腾嚣嚷的烟尘，没有擦身飞驰的汽车，身心都获得现代都市中少有的安全宁静。在平遥几条设界障的步行街上漫步，也会心生同感。

登上平遥城墙作宏观鸟瞰，寺院、道观、宅第、衙署青砖灰瓦的亭台楼阁纵横密集，飞檐交错，与平台、花墙共同编制出韵致天成的图案。在阿维农城墙头，也会看到同样天然的图案。其中的焦点，是占据城市最高地势依北城墙而建的教皇宫。它是14世纪崛起的哥特式建筑，在政教合一时代，它大约和平遥古县衙署一样，都是一定范围内最高权力机构之所在。宫殿北侧，一片高朗的林苑，俯临城墙外蜿蜒而过的罗纳河。水流清澈平缓，岸边绿树倒影朦胧娴静，将水色洇染得像西子湖一样柔媚。不过它有洪水泛滥的季节，因此它那座比教皇宫还古老一世纪的贝内泽桥才会倾圮，如今成为一座非人工的断桥。罗纳河北岸连绵的丘阜高地上，圣安朱寺和保卫它的同名要塞以及卡尔特僧侣修道院，像小小卫城遥遥守望着这座古教皇城。无论是城内城外，还是这些寺院的建筑群内外，赫然在目的都是郁郁葱葱的林木，芊绵平整的草地，给建筑的灰驼和河水的青蓝构成的图案平添了更富生命力的绿。

平遥则短少了一些阿维农的这份幸运。它地处汾河河谷，这条河古老而有高知名度，并像罗纳河谷盛产著名的葡萄酒一样，汾河谷盛产著名的汾酒，但城距河滨尚有数里，城东北虽有汾河的一条小小支流经过，枯水季节河床及与河相接的护城壕内均已干涸。城内城外，除有星点树木，绿意难寻。市中心的市楼下，也未见水井。

十余年前初见欧洲的满目绿色，曾经抱怨造物不公，仔细追味，其实也还是过于推诿人们自身对自然应负的责任。这绝非民族自卑，只有坦诚地面对现实，承认不足，才能长足进步。

如今我们正在作始于足下的努力，从南到北，我们这片辽阔的土地上，已经出现了一些宝石般美丽的绿城。

2001年3月

专访与邂逅：库克船长

从北京到墨尔本，跨赤道、越大洋，在今日"坐地日行八万里"的时代，不过须臾之间。可是几百年以前，人类扬风帆，穿巨浪，遨游于浩瀚大洋之时，又是一种怎样的艰险！自从登上前往澳洲的飞机，俯视脚下千万米之遥浩森的镜水星岛，自然又想到往昔的库克船长——为欧洲人发现了澳大利亚新西兰的英国航海家。

墨尔本的狄更斯年会第一天下午，是观览市容。从城北会址出发，经维多利亚女王市场，南下至亚拉河畔的观景台，登塔楼顶部作鸟瞰全景浏览，然后南下亚拉河大桥到海湾区，再至会议赞助者说英语协会，参加他们的招待酒会，最后再东行掠过菲茨若伊公园北上返回。就在经过这座公园东侧的路中，司机兼导游（澳大利亚有高素质的年长司机兼导游），停车片刻，遥指园内一座古老风格的欧式住宅说："那是库克船长的小房子……"

匆匆一瞥，当然满足不了我的想望，虽然还有数次外出参观、探访，"小房子"并不在计划之列。第二天下午，又安排了选择性外出活动，有本地会友向导，分头去港湾码头、皇家植物园、美术博物馆及购物中心等地，我将这些选择全部后推，独自登上有轨电车，辗转奔至菲茨若伊公园。

在墨尔本的主要街区亚拉河北岸的公园当中，这是占地面积数一数二的一座，也是全市建造最早的公园，已有150年园龄，是英国早期移民的手笔。今天，园内主要林带还是英国米字形国旗的布局，紧靠马路，没有阻断视线的围墙，免费开放。时值南半球的冬季，园中草坪仍一派深绿，是依自然地势高低而略呈起伏的英式园林风格，虽有四季不断出新的大玻璃房温室（显然是对伦敦皇家植物园丘园的模仿），也有游戏场等人工设施，全园依然开阔，保留了移民初期的野趣。小房子从外观看，是英格兰北方通常可见的农舍，简单、朴素，斜顶铺瓦、石砌墙面，窗户是18世纪时那种密格子玻璃窗，顿时让我想起《呼啸山庄》中凯瑟琳闺房外伸进一只梦中幻影手臂的那种窗户。房子周围，是英式农舍必有的前花园和后果菜园，在这个季节，园中依然生长着英格兰常见的香草、兰花、雏菊。花园左侧树篱内角，竖立一面英国国旗，只有园外右手一棵挺拔的桉树，提醒人们这是在澳洲。

当初这位航海家詹姆斯·库克出生在遥远北大西洋英

格兰北部约克郡的大埃屯村，他的父亲是农田劳工。像很多
那个时代家境贫寒的英国青少年一样，他少小离家，先在商
船上做水手9年，27岁加入皇家海军，两年后擢升为官长。
他四次远涉重洋寻找新航道，从事科学探险。在第二次航行
（1768—1771）赴南太平洋探险途中，他发现了澳大利亚，
新西兰等地，还取得了天文、营养等学科的成果。在最后一
次探险归途中，经过夏威夷时他被当地原住民杀害，时年51
岁。1770年他远航中第一眼看见的澳大利亚，是日后称作维
多利亚州地界内的一个岬角。这片大陆成为英属殖民地以后
最初的首府就是地处这个州的墨尔本，在这座城市如今保留
着对这位发现者重要的纪念物，但是库克船长生前并没有在
这里的这所小房子住过。

　　身为漂洋航海的探险家，他只是这里的过客，他发现
了澳洲却并未享用他的发现成果，在此殖民、定居。然而，
这所小房子又确是他的故居，原本坐落在他的老家，英格兰
约克郡的大埃屯。在他已经去世后的150余年，一位称拉塞
尔·格瑞姆威德爵士的墨尔本市民买下了这所小农舍，一砖
一石地将它仔细拆卸，海运到此，又一砖一石原封不动地在
此将它重建起来，这自然也是澳大利亚移民情结的一种象
征。早在19世纪30年代，横跨伦敦泰晤士河上的伦敦旧桥就在

新桥建成次年被拆迁至美国亚利桑那州，重建在英国村附近的哈瓦苏人工湖上，那也是移民情结的一个更大规模的实体。

从花园右侧的圆亭形票房购得一张极便宜的园中园门票，走过园中通道，即可进入屋内，但是屋外有两处地方，仍令人驻足。一是门楣上嵌有一块长方条石，上刻：

C

J. G. 1755

C是库克（Cook）这个姓氏的起始字母；J. G. 分别是James和Grace的起始字母，分别代表库克船长父母的名字；1755则是这所房子建造的年代。船长库克生于1728，殁于1779，这所房子显然不是他的出生之地，而是在他27岁时所盖。彼时，他已在海上漂泊近十年，即将从普通的私商船转为皇家海军一员，也许这正是他以长年海上洋中冒险所得资财为自己父母所造。不过从他近30年的海上生涯来看，他受风吹日晒、雨淋雾锁，穿行于惊涛骇浪间，居住在樯立帆扬的游动房舍中的时间，则远远多于在英格兰老家这所房子里安享天伦之乐的时光；但是在墨尔本这所已成纪念馆性的小房子屋门口小径旁，还竖立着库克船长的一尊真人大小的雕像，使他在身后得以和自己的房子长相厮守。

这位库克船长头戴当时欧洲流行的三角军帽，身穿军服式紧身衣裤，下着及膝绑腿和绊鞋，左肘微曲，手持一纸航海图于胸前，右手轻松下垂，握一柄单筒望远镜。整尊雕像体态匀称、面容俊朗、目光深邃，是英国人中秀骨清相、富有智慧的一类，但臂腿肌肉发达，则像是长年奋力劳作，曾经严酷锻炼的人。他神情泰然平和，恰到好处地站立在自家门外，又给人一种宾至如归的亲切之感。

往日参观英国有些名家纪念馆，常觉其空间狭窄、陈设简朴，走进这座库克船长的村舍，不禁又生同感。楼下一间最大房间是厨房兼餐室，备有壁炉、案椅等等普通农家炊灶最起码的必需用具。楼上有卧室及起居间，瓶中有玫瑰插花，针线盒里有手工活计，墙角有纺车。都是当时英国普通农家常有的铺陈摆设。不过，也像参观英国的许多旧居博物馆一样，这些家具陈设部分是房主享用过的原物，也有些是他人日后添置，如今已难分清。而楼上楼下所散发的往日生活气息，却营造得恰如其分，尤其是那份处处光洁、一尘不染，使人不禁联想到主妇的勤恳尽心；不过这也得益于更多的人对整个生存环境的悉心呵护：日夜生活在碧草绿树中间，少见市区暴露的灰黄干土，起风时沙尘不扬，主妇即使略嫌怠惰，也不至于频频满室生灰，千方百计仍挥之不去……无论如何，这确是一所英国平常百姓人家最为简洁纯朴的住屋。从这样的环境走出，在艰苦的生活和工作环境中历经磨练而成就大业，也似乎才更加合情合理。

每次在遥远的地方旅游，徜徉于陌生的景点，常易生一种今日离去，重游不再的惆怅。此次我也是怀着这样的心情离开了这所小房子。没想到，墨尔本的会议结束后，来至悉尼观览休整，却又与库克船长不期而遇——当然只是和他的另一尊雕像，在悉尼市中心的海德公园内。因为在墨尔本刚刚对他做了专访，此次重逢是在偶然路过这座公园之时，自然称得上邂逅。

出于移民渊源，像美加等国一样，澳大利亚和新西兰都有很多和英国相同的地名。悉尼这座海德公园，规模远比伦敦那座为小——那一座，是伦敦中心市区内最大的公园。这里也没有那一座里深可沉尸的蛇形湖以及世界闻名的演说角和跑马场。悉尼的海德公园恰在这座海滨城市主要街区的中心，是城市的一颗绿色心脏。呈长方形，中间由一条通衢大街将公园一分为二，园中处处绿树参天，碧草覆地，更像是北京的深秋。一条南北纵贯全园的林荫大道上，游人过客熙来攘往，路边花树和草坪上遍布着休憩餐饮的男女老少。北头一座雕饰壮丽的喷泉水池紧紧吸引住了众多相机的镜头。南园正中还有一座战争纪念馆，布有澳大利亚军史展，显明这个远离其他大陆国家参与世界事务的一个重要方面。

伦敦的海德公园有几尊著名雕刻家的作品，如古希腊神话中大力士阿契利斯像及英国诗人拜伦像。这里，掩映在密林深处，也有人物雕像，库克船长的一尊，悄然伫立于南园的东北角处。他高踞于大小形状不等的五级基座之上。身体较墨尔本小房子的那尊硕大，头覆假发、身披大氅、肱股粗壮、肌肉发达，都比那一尊更见沧桑。他是左手持望远镜，右手高举，手心朝上，大有擎天之势，再加上那副严峻的面部表情，使人不禁联想他是在发表什么重要讲话，而且远比我过去在伦敦海德公园讲演角看到听到的那些活人自由发挥的演说有更严肃的主题。对了，库克船长初次发现的澳大利亚海岸，是维多利亚州的希克斯岬，那时，他身在自己的航船上。尔后，他曾在悉尼登上陆地，并在这里正式宣布他为英国发现了这块大陆，是呀，这是否正是他做此宣布时的姿势、表情？

站在此尊雕像足下，我不禁想到一周前拜访的彼尊。显然，这同一主题人物的作品，艺术风格却大异其趣：眼前令人仰视的这尊，粗豪桀骜，咄咄逼人，似乎拥有更生动的个性和更丰富的精神世界，更能包容他乘风破浪出生入死的非凡经历和性格；而墨尔本居家迎宾的那尊，平和、文雅，似乎却因构架过于规整标准而显出匠气。

库克船长雕像

那是探险殖民的时代，伴随目的与成功的种种行为动作大多残酷、血腥、带有恃强凌弱的性质，而且往往导致一些民族的文化伤残与灭绝。"后殖民主义"的时代，文明加紧敦促人们反思历史的功过，从省悟中开始补过、赎罪、竭力挽救着往昔历史车轮下的牺牲。此行在墨尔本和悉尼，随后在新西兰的奥克兰和若托若阿的博物馆，以及数年前在美国、加拿大一些国立、州立博物馆参观，从他们那些追溯本地土著民族起源、兴衰的展品，甚至从旅途，都可明显见到这种善意。

澳洲归来已半载有余，在退休却仍未得闲的家居读写生活中，每逢有不速之客突袭扣门，我往往会回想起悉尼海德公园的那位詹姆斯·库克；相比之下，我更喜欢墨尔本小房子门口外的那一位，以艺术眼光观之，虽逊一筹，但他平和、亲切、好客，而且，更重要的是不强加于人。

2005年春节

补记：

此文2005年夏发表于《中华读书报》后，曾蒙读者赐文指庇疵云：库克船长发现澳大利亚及新西兰，时为其出洋考察之首次，而非拙文所提第二次。以鄙人愚见，库克船长一生出海，其中由其亲主之重要者，似共四次。首次，仅巡行于北半球大西洋一带；其余三次为南太平洋之行。其中首次，为发现新西兰及澳大利亚西南海岸者。该文就库克船长航海探险详情，述说多多，令我得益匪浅。奈何当日正值解事外子张扬罹患绝症危期，我独自夙夜照看，废弃一切个人读写交游生活常规，多亏张扬一次化疗后于卧榻翻览积存报章，偶阅此大作后示我，才有幸匆匆一瞥。唯正逢至爱者疾患心神交瘁之际，疏于珍藏该文，更无力致书答谢，特借此致歉，并在原拙文中库克第二次出海文字后加注具体时间。

2007年5月24日

译家的旅次自由联想

　　每次去爱丁堡，总是下榻葛瑞斯·达姆家，那是新城典型的乔治式高大石砌寓所中的一个单元，临近颇有文化、历史名气的夏洛特广场。每次从这里去老城，我最喜欢步行穿过横卧新老两城当中的王子街花园。这座花园，南依这座城市以其命名的古堡高岗，北临新城建城以来始终令人瞩目的王子街，占地约五英亩，呈南高北低倾斜凹槽状，约200年前，还是城堡脚下一片沼泽湿地，水草错落，鸥鹭栖止，与流浪者、强人为伴。新城建成之初，从老城迁居王子街上的富豪显要为保留这片紧临自家门口的开阔地，几经抗争，最后由他们私家出资，抽水植树辟为花园。如今这里是绿草如茵，花木繁茂，喷泉漫洒，已成为这座山丘海湾错落、古老建筑林立、塔尖穿顶参天的美丽城市的绿色心脏。走到花园南端沿一条石阶小道拾级而上，可以轻松便捷地登上老城的主大街。就在这条整洁蜿蜒的石梯小道顶端，通向作家博物馆那座斯梯尔夫人住宅小楼入口的路旁，横立着一块半天然成型的青灰石碑，高约一米、长约二米，当中以一条刻线凹纹一分为二，像一本打开的书。左半，石面粗糙；右半，周边是同样粗糙的边框；中间，略事打磨的平面上刻着四行简单的铭文：

Freedom

Is a noble thing

John Barbour

在这座城市令人目不暇接的古迹文物丛中，这样一块小道旁体积有限的石碑，本来极易令游人忽略，但那上边镌刻的这几个字，却令我第一次匆匆而过，就立即刻在了心上；而且，出于习惯，还琢磨着转换成中文。

虽然不过寥寥数字，其中的noble却令我颇费了一番推敲：在我的概念中，这个字的第一位意义是高贵，总和珍稀、特有、优异有关，与普通、庸凡、大众远离，那么自由是一桩高贵的事？……当然这也不无道理。自由这个名词，姑且不论它在哲学、法律范畴之内都有条件严格限定，即使在所谓不受限定、没有约束的生存状态这一意义之下，实际上也还是必先有种种条件的限制：从古至今的芸芸众生终日为衣食奔波，时髦的现代人深陷自身的心灵困境，卑琐的小人常戚戚于毫厘得失，甚至一草一木受制于土地、阳光、雨水和生物链的平衡，宇宙间一星一体受制于相互的作用力，都没有绝对的自由。物以稀为贵，自由既然难得，因此也可贵。为帝、为王的贵者，权柄在握，一呼百应，万民臣服，为所欲为，自由自在，他们身上的自由当然显得高贵。那么，把这句铭文译成"自由是一桩高贵的事"，似无不妥。然而noble第二位的意义是高尚，每次再从这里经过，读着碑上两行铭文，不论迟迟还是匆匆，内心深处仍在狐疑：

自由是一桩高贵的事？

自由是一桩高尚的事？

自由是……

翻译中遇到疑难之点，首先得琢磨上下文，这里只有下文——立言者的姓名和生卒年月。翻开辞书，很快就得到了他的一份简历：约翰·巴伯（John Barbour），1316—1395，生年与碑文略有出入。这很正常：六七百年前的人物，出生时又理所当然地尚未发迹，家世也不一定显赫，身后虽留名史册，卒年通常总会确凿无疑，而生年月日却无从追寻者，大有人在。就连晚生他200多年、名声也响亮多多的莎士比亚，生辰是经后人推算而假定。而后世却有人以假做真，始而从字面看出那位莎老先生生卒同月同日，却不进而深究这个生年月日从何而来，只在啧啧称奇之余，造出历史大名人大伟人常有生卒同月同日佳话，并从中"归纳"为"莎士比亚现象"，其实这也堪称当今"佳话"……

这段自由联想与本文所欲解决翻译问题无大关碍，暂可搁置毋论。再看这位铭文的作者，是苏格兰诗人，阿伯丁的副主教、金库审计员。他的主要诗作为《布茹斯》。

副主教和审计员的职业在这里似乎也无关紧要，这部诗作《布茹斯》才是要害。布茹斯（Bruce）本是英美人的一个常见姓氏，但是这个布茹斯（The Bruce）却非等闲之辈。那是特指罗伯特·布茹斯，14世纪前叶苏格兰王罗伯特一世。他生于1274年，30岁登基为王，率领民众抵御英格兰入侵者，因众寡悬殊，屡战屡败，但从蜘蛛结网屡遭破坏却屡结不止而终于成功中受到启示，遂奋起再战，终获胜利。在英国，这个故事家喻户晓。女作家玛丽·盖斯凯尔太太在她的《夏洛特·勃朗特传》中，叙述传主，她那位"敢作敢为的天才"当初屡次投稿屡次遭拒却毫不灰心一投再投，终被采纳且一鸣惊人时，就曾经用这位苏格兰大民族英雄做过比喻。我对苏格兰的历史文化本来知之甚少，但是关于这位英勇顽强的国王的这段故事，却是从童年即有印象。巴伯在1375年就出版了为他所写的颂诗，而且是这位诗人名垂文学史的主要依据！

辞书提供的简单资料引发了我对这首颂诗的兴趣。它是长是短？是用苏格兰文还是拉丁文所写？如今是否有现代英语的诗体或散文体译文？……限于我每次在这座城市逗留总是时间短促但却事务繁忙，我始终无暇在并不远的爱丁堡国立图书馆或大学图书馆查找借阅这部诗作或其相关资料，哪怕只是抽暇向同行好友葛瑞斯请教一二。不过，仅从读过的司科特浪漫历史传奇揣测，这位布茹斯的形象已经在我的脑海中隐隐约约地鲜活起来。他肯定就像司科特的艾凡赫、罗布·罗伊一样骁勇善战、豪气冲天，就像好莱坞电影《勇敢的心》当中梅尔·吉布森饰演的华莱士和十多年前我初访苏格兰高地路遇苏格兰武士协会的青年一样，长发飘然、格裙露膝、英气勃勃……他铁血征战，他死于厮杀的战场，尚在55岁的壮年，一生没有显露过养尊处优、尸位素餐的帝王们那种老迈昏聩、固执乖张、臃肿蹒跚。他的形象是高贵的，也必是享有过高贵的自由；但是，他是为整个民族的自由存亡而献身，最终是为此而牺牲了自己尚处英年的生命，连同自己所拥有的那份高贵的自由，他所作所为是高尚的事。

自由

是一桩高尚的事

我对这句铭文的翻译，至此定稿。然而这篇拙文写至此处理应搁笔的时候，我又偶然翻阅了一点有关这座王子街花园的细要：起初，因为它是王子街住户私人出资建造，也仅供各业主私家享用，各家各户持有开启园门的钥匙，而且制定了严格的园规，诸如园门钥匙不得借用他人，园内不得吸雪茄之外的烟草等等。工业化带来的平民化风气，渐渐打破了这种严格的私有制，这里的私家花园渐渐择日为公众开放。随后，商业经济的发展，使王子街由住宅区变为商业区，以这些房屋建筑为店铺的业主不再像以前那些拒人于千里之外的高贵住家业主，他们希望借花园吸引游人顾客，为自己的生意增加机遇，又将花园全面开放，因此才渐渐形成今天的公园式格局。

文章添上这样一些事实作为结尾，是不是有蛇足之虞？也许不会：花园为少数高贵者自由享用的时候，那自由，连同那些园规，都是高贵的；只有开放了，为更多更多的公众了，那自由才高尚起来，因此那块立在通向花园小道（也是要道）旁的小小石碑也立得恰在好处。

2004年11月28日

地灵人杰说不尽

早在1826年，德国最伟大的诗人歌德就说莎士比亚是"说不尽的"。从那时至今，评论家、学者、戏剧家、诗人、读者一直说个不停，但是似乎意犹未尽。

莎士比亚虽然生长在埃文河畔的斯特拉福德，他的文学事业却发祥于伦敦。他晚年退居斯特拉福德，身后长埋这里，正因如此，这座城镇以一根无形的线牵引着来自世界各国越来越多的游客，成为文学、戏剧世界的耶路撒冷和麦加。

我是从牛津来这里的，行程不过个把钟头。长途旅游快车停在市区东南端，就在埃文河畔。

看惯了我们的长江大河，这条埃文河简直成了一条小溪。它横贯英格兰中西部，全长不过100英里；两岸河谷，美丽富饶。人类的思维，总有很多相通之处，在英国也和我国一样，不少地方依河而命名。这斯特拉福德的福德（ford）是指渡口，而斯特拉（strat），按词源学家解释，则是由拉丁文strata演变而来，意思是罗马大道。埃文河畔的斯特拉福德，就是埃文河畔、罗马大道旁的渡口。顾名思义，这种地理条件得天独厚，自古以来水陆交通两便，随之而来的自然是经济文化发达。我国自古强调人杰地灵，其实杰出人物的产生，总是依据地利，顺乎天时。因此，地灵而后人杰，人杰而后地愈灵，似乎才更能全面反映人与环境的共存关系。

下车已过午后，在牛津时又曾紧张地工作了一个上午。再加上一个多小时的旅途颠簸，此时已是饥肠辘辘。而我在这里总共只能逗留四个小时，我得挤出解决口腹饥渴的时间。于是，信步走进附近一家小餐馆，选择了一份不带土豆条的炸鱼和一罐橘汁，端出室外，一边进餐，一边观赏草地上孩子嬉戏，河面上大学生弄船。炸鱼鲜美，我吃得津津有味，看得也津津有味。四周游人如云，也有像我一样的"外国人"，和我一样品尝着炸鱼。大家的目光偶然相遇，就不约而同地相视而笑，仿佛彼此都是莎士比亚"共同的朋友"。在伦敦的旅馆里，早餐时我经常吃煎鲑鱼，肉色略红，品味很差，而这是炸鲱鱼，英国人平时也叫它白鱼，品质比鲑鱼好，在英国，除了后来在哈代的故乡多切斯特，数我在这里吃的鱼最好。我自然想到我故乡山东烟台各式各样的鱼：鮎巴，色红、肉老，略似鲑鱼，但鱼味比鲑鱼强得多；偏口、比目，色白、肉嫩，略似鲱鱼，但也远比鲱鱼鲜美……中国也有和鲱鱼、鲑鱼同目科，而不同属种的鱼……对了，有一种传说，莎士比亚就是吃多了鲱鱼而诱发死亡的，可见莎士比亚爱吃鱼，怪不得他那么聪明！如果真是死于贪吃，也是聪明一世，糊涂一时。关于我们的杜甫，也有一种传说，说他是吃多了牛肉而死。作为戏剧家，我们中国学者喜欢将关汉卿与莎士比亚相互比较；但是作为诗人，杜甫和莎士比亚应该是值得互为邻比的。他们都生长在伟大的时代，灵异的地点。

随着旅游的人流向西北走不多久，就看到一座古老的砖木结构房子，夹杂在橱窗落地的现代样式商店中间，格外醒目。这是一座典型的伊丽莎白时代斯特拉福德的建筑，上下两层，山墙是人字形，带有小阁楼，屋顶也是人字形。整个屋墙和山墙都是由粗大深褐色橡木柱纵横支撑，构成一块块整齐的方格，格中是白色灰墙，像苏格兰方格呢的图案。屋顶的砖块凹凸不平，正是它久经风雨的见证。

莎士比亚也是那种身后才被人更趋瞩目，尊崇的作家。连他的作品著作权都屡经否定、争议，如今虽早成定论，仍有人哇啦不休。他的生平事迹，是经过世代学者的考据才逐渐勾画出轮廓。这处"诞生地"，也是经过探寻、研究才确定无疑，并重新修葺、陈设起来。室内南半部分的展览室里，除陈列了有关莎士比亚生平和创作的图片，还有一组关于这座房屋发现、整理过程的图片资料。

莎士比亚是当时难得的平民作家。他祖先以务农为业，到他父亲这一代，才由乡村迁往斯特拉福德镇，以经营皮手套生意为主要职业，他就以这座房屋半作住宅，半作商店。如今房屋北半部分按照莎士比亚时代斯特拉福德中产阶级居家的格局布置成起坐间、卧室和厨房。这当然并非当年老莎士比亚和他妻儿居室的原样，但是那些粗重油亮的橡木壁板、地板、楼梯、栏杆、椽梁、家具以及粗粝拙朴的砂陶容器、铜铁茶具、炊具，整个烘托出一个从婴儿、幼童成长为少年，青年的莎士比亚的形象。

走过各个居室，沿着房屋后部一条陡直狭窄的木梯小心翼翼地下来，出了后门，就到了后花园。不管是在英格兰还是苏格兰，美丽的公共或私人花园举目可见，它们令人拍照时颇犯踌躇，因为常常很难决定从哪个角度取景最佳。在这里也是如此；但它也另有与众不同之处：其中栽种的花草树木，都是莎士比亚作品中描述过的。

紧邻诞生地，是一栋现代化展览馆式建筑，这里就是莎士比亚研究中心。24年前，在莎士比亚诞生400周年之际，这座以从世界各地汇集而来的捐款修建的漂亮建筑落成。现在，保管、经营属于国家的莎士比亚故居，以及有关莎士比亚著作各种版本的图书，并向世界各地学者和学生供应有关莎士比亚的研究资料，就是这个中心的主要任务。

我在这里稍作逗留，听图书馆员简短地介绍了馆藏图书、资料。走出馆门时，守门的先生问我从哪里来。我回答他"来自中国"。话音未落，他就满脸堆笑，以清晰的中文说出"您好，谢谢！"。

在英国，我已不止一次听英国人说这句中国话。但他们那语音语调都实在令人不敢恭维。可是这位莎士比亚中心的先生却不然。我又即告诉他，他的这句中国话说得非常准确，并问他是从哪儿学来的。

"是几年前一位中国来参观的先生教的。"

这时我突然注意到他的相貌：长长的脸型，突出的前额，灵秀的眼睛，笔直的鼻子。真有些像那幅著名的朱绍特莎士比亚像！（英国画家朱绍特根据本·琼森的描写绘制的莎士比亚像，最初发表于1623年。）

"你像莎士比亚一样聪明。"

他又满脸堆笑，以清晰的口音用中文说了一声"谢谢！"。

我向西向南，没走过几条街，远远又看到一座古老的砖木结构二层楼房。也像那诞生地一样，是凹凸不平的人字形屋顶，不同之处是墙壁是由一根根立柱支撑，没有横隔，柱间是白灰墙，像条纹布料。据说，莎士比亚少年时代就是戏迷，他观看流浪艺人的表演，就在这座房子的楼下，而楼上就是他当年求学的那座"文法学校"。记得过去读的莎士比亚传记上说，当时这是一所颇有名气的学校，教师中有不少是来自牛津的毕业生。由此可以想见，莎士比亚早年受过很好的教育；而楼下那供当时流浪艺人演出的厅堂，对青少年莎士比亚来说，是又一所受益无穷的学校。

与这所"文法学校"仅一街之隔有处地方叫"新居"，是莎士比亚晚年退居并辞世的寓所。莎士比亚青年时代离开故乡，身为一文不名的流浪青年而闯入伦敦戏剧舞台。他晚年返归故里，也得算是衣锦还乡，遂购置了这份产业。但原有的房屋建筑，据说在18世纪中叶落入一个只知敬重上帝而不敬重莎士比亚的牧师手中，因为一场租税纠葛，他竟将整个建筑夷为平地，那里一株据说是莎士比亚手植的老桑树也早给他砍伐，为的是不受参观者打扰。这也是摧残文化，暴殄天物的一个实例。不过文明总在不断进步，人类也愈益珍视自己祖先遗留的精神和物质遗产，如今莎士比亚故乡的各处古迹，包括莎士比亚母亲、妻子、女儿、孙女故居的遗址，都得到妥善保护。在这所"新居"的地基上，则建立起一座精巧的花园，那株被砍伐的桑树桩上，也重新嫁接了新枝。与它紧邻的一所房子，则辟为莎士比亚博物馆，它原来是莎士比亚孙女丈夫的住宅。我从花园走到它的门首。已是闭馆时间，但是管理人员仍破格让我和一位操美国英语的大学生模样青年入内参观。这里也像诞生地一样，是按当时风格陈设，只略比前者考究。我不忍过分耽搁人家的时间，只在楼上楼下的起坐间、餐室、卧室匆匆一瞥，最后在解说员伴送下回到门首。

这位解说员看上去顶多不过十七八岁，衣着朴素，言谈文雅。容貌秀丽，眼睛、头发都是棕色，风韵一派天然。她一路为我和那位美国口音的青年讲解当中，我常暗自欣赏她的眼神、表情，那位年轻人更是极喜发问，仿佛很想乘机多与她交谈。向她告别时，我顺便问她是不是当地人。

"我生在这里，长在这里。"她回答。

"你就像莎士比亚的那些女主角一样漂亮。"

她嫣然一笑，落落大方地向我道谢。

时近日落，我这四小时的莎士比亚故乡之游已近终点。我来到莎士比亚生活旅程的最终归宿——圣三一教堂，匆匆拜谒了教堂内的莎士比亚灵寝，游览了周围幽静的园林，归途中又浏览了皇家莎士比亚剧场和天鹅剧场，然后转进班克拉福特花园。这里是游人休息、聚集的中心。花园中央高耸着一座莎士比亚纪念碑，由下方上圆三层石柱组成，顶端四周有四个浮雕月桂花环，簇拥着一尊莎士比亚全身坐像。他身披中世纪长袍，侧靠椅背，上身略向前倾，右手执笔，左手握纸。这本是英国作家雕像常见的造型，而这尊雕像最引人注目之处是它的头部：前额宽阔秃裸，目光炯炯有神，双唇紧紧闭合，整个面部充满智慧、思考和力量。这是一位不戴王冠的君主，一位未受权杖的教皇。斯特拉福德是一块

"戏剧之王"的俯临

"风水宝地"，附近有很多名胜古迹，但是对于游人，一介平民莎士比亚的魅力远远胜于与这些名胜古迹相关联的君王贵族。

这座伟岸的雕像四周有花草环护，四尊真人大小的人物立雕占据四角：哈尔亲王、马克白斯夫人、福斯塔夫、哈姆雷特，正是莎士比亚的历史剧、悲剧、喜剧和哲理人物的代表。他主要就是从这四个方面，纵横交错地反映了人生。

莎士比亚，他高高在上，君临下界，俯视这他称之为舞台的人生。人生的庞大舞台上，演喜剧，也演悲剧，连绵不绝。它充满思考和追求，述说不尽。

1988年12月

附记：

初谒莎士比亚故居，时为1988年7月13日，6年后于1994年8月23日与张扬相携朝觐这处文学圣地，逗留时间稍长，拜谒景物尤多。2010年6月携兰开郡女友马格丽特三访。

当初那个鲁宾森

　　每次重访爱丁堡，葛瑞斯总要带我去拜谒一些与作家作品有关的遗迹。她是居停主，又是业内同行，这种安排理所当然。那个周末，我们的目的地，一是福斯河北岸的圣安德鲁大学——葛瑞斯的母校和现今威廉王子就读的学校，二是皮特客栈村葛瑞斯的男友罗兰的乡间别墅。驰车一路向北，过福斯河口大桥，远观那座山峦式的旧铁桥，近看路旁新建的工业基地，不知不觉已来到时隐时现的北海之滨。向来言辞简洁的葛瑞斯突然转身说："先去看看鲁宾森。"话音刚落，已经接近一座寂静的海边渔村。

　　仲秋时节，海上一派迷蒙，滩头了无人迹，只有一座亮丽的建筑，孑然矗立，名为鲁宾森宾馆。清一色奶白的屋顶和墙面，镶洋红色横平竖直的边线，是典型的现代风格，和四周原始古朴的氛围，既成反差又相和谐。这让我想起了拉斯维加斯的那些旅馆大楼，大多是"现代"得近于积木式，为的是能吸引游客携小儿女全家入住。这里的鲁宾森宾馆，无疑也会使随父母前来的孩子感兴趣，但肯定不是我们此时会见鲁宾森的地方。

我心中正在做如此思忖，汽车已从宾馆后身一掠而过，驶上村中的街道。街口一块标牌上书：下拉沟村，主街。这条街平坦、狭长、僻静，朝海一面的石砌住宅，高大、坚实、简朴，是苏格兰很多房屋共有的特点。

车到街巷深处戛然而止，不用葛瑞斯指点，我已看到左手两扇洋红色门正中一座石龛中座基上站立的一尊雕像：真人大小，兽皮衣帽，边缘处参差不齐，脸上胡须凌乱，胸前斜挎背带，腰间斜插斧头，左手执长枪，右手搭凉棚，仿佛在凝神远眺。这是鲁宾森，和小说中所描述的，图画影视中表现的分毫不爽！

久违的鲁宾森！像世界各国的很多孩子一样，儿时的我是从小人书上最初认识他的。大约是上小学一二年级的时候。连那些辅助性的简单说明词还不能全部读通、读懂，但那一页页画面，却那样精细逼真，而且与原作的描写恰相吻合。可叹自己当时愚陋，忽略了那位严肃作画的艺术家的姓名；但是小人书中那些在惊涛骇浪中鲁宾森挣扎求生所显出的惊恐、勇猛，却令人过目不忘。以后年事稍长，渐渐有了在河湖浅海中游泳的体验之后，常在梦中浮沉于阔海巨浪，可能还是幼年看这本书所落下的情结。鲁宾森在荒岛上造船建舍，采摘种植，渔猎畜牧，通过一点一滴脚踏实地的劳作为自己开辟生存环境，在那本小人书中也表现得具体而微，对我日后青年、壮年时代身处精神与物质困境，尚能搜集、开辟、创造，从而产生满足、自信、乐观，也有潜移默化的影响。此时，站在这尊初遇却极熟悉的雕像前，首先是欣喜与百感交集。

然而，小说中的鲁宾森是英格兰北部约克郡人，他的创作者丹尼尔·笛福则生于伦敦，死于伦敦，因为年代久远，在那里也只能依稀找到他生活的一些遗迹。远在这苏格兰的偏僻海滨，为什么会出现

不再孤独的鲁宾森

他的身影和以他的名字命名的旅馆？不用葛瑞斯解说，在初见他瞬间的兴奋过后，我很快就看到在他足下，雕像基座与两座门之间一块条石门楣正中的标牌，上书：

纪念亚历山大·塞尔柯克（海员鲁宾森·克鲁叟的原型）。他独自在胡安·费尔南德斯岛生活四年零四个月。

他以英国韦默斯船队上尉之身逝于1720年，享年47岁。

此雕像为造酒商大卫·西莱斯捐立于塞尔柯克诞生地。

那个塞尔柯克原来就在这里，这位勇敢机智的苏格兰人，原先是一艘私掠船上的领航员。在他那个年代，这类船大多是半商半盗性质，在船上，领航员身份特殊，有相当的独立性。就是这位亚历山大·塞尔柯克因与船上船长有所龃龉，只身离船漂泊荒岛，独自生存四年多之后获救回国。他的事迹，先由当时著名散文家兼报刊人斯梯尔报道，丹尼尔·笛福随后又经艺术创造，写成小说《鲁宾森·克鲁叟的生平与奇异历险》中的第一部。它的第二部，写鲁宾森还乡后若干年，旧地重游及回程的海陆冒险经历，已与塞尔柯克身世无重大牵涉。眼前这位塞尔柯克，就是荒岛上独自求生的鲁宾森，虽未标明创作他的那位艺术家的姓名，确是一件优秀的写实艺术品，毫发毕现地表现了智勇者的形貌，也传神通灵地表达了智勇者的精神气质。

细看鲁宾森（塞尔柯克）身后住宅，虽有两扇开门，但颜色相同，门饰呈对称形，再看四周的框楣，则是一个整体，中间由一石立柱相隔，显然当初是一所房舍。临街的墙面，是由粗加工或赭或黄色天然块石砌筑，门前有碎石铺地，可以想见当初这里主人的生活大约殷实舒适，与鲁宾森（塞尔柯克）所迷恋的海上荒岛生活大相径庭。但是他凭着血气方刚的四方之志，毅然放弃了舒适。这部小说的第二部，故事依旧奇异，情节仍然紧张，但终归不如第一部出版至今近300年始终备受关注。记得我儿时所看的那本小人书，也是只取鲁宾森（塞尔柯克）漂泊荒岛的故事，现今这一部分的相关内容，早已是少年儿童读物的素材。因为鲁宾森（塞尔柯克）的荒岛生活是勇敢、坚忍、机智、踏实务实精神的体现，这也正是世代为人父母者切望自己子女从小就能拥有的素质。

由于这部小说是千千万万人从童年就早早接受的作品，成年后往往把它当做了少年儿童读物。又由于它本来就是西方现代小说初起时期的先锋之作，本身更以情节紧张、内容惊险为特点，令后人更视之为人物性格单薄、缺乏心理表现的粗糙之作，其实成年人仔细重读并思考或许也会发现，自己对这部书似有误读。笛福写的鲁宾森以扬帆出海辞亲远航开始，到登陆海岛，几乎每一重大步骤都有思想斗争和心理活动相伴。他身处困境，克制自身的恐惧、消沉、绝望与孤独，也有并不简单的心理过程，也同样会发现与我们今天的成年人的心理共鸣。再说，笛福所表现的性格心理，是300年前的人在特殊环境下的健康性格心理：充分发挥自身心智的潜能，踏实务实，不妄枉自哀叹，不无病呻吟。事实上，以他当时的处境，他也无暇做此状。

那天站在如今已成普通民居的塞尔柯克老家门前，也真是浮想联翩，流连不忍离去。真的，我们今天营养过剩、劳作过轻的现代人，在比鲁宾森不知优越多少倍的生存环境中，心智的发展比鲁宾森究竟是优是劣？真的，眼前这个鲁宾森（塞尔柯克）形象，普通真人大小，衣衫褴褛，结实质朴，他并非战天斗地征服自然的大英雄，他只是孑然一身，近距离地贴近自然，适应与利用自然，力求与自然和谐共处。早在300年前他就懂得这一生存之道已足矣，何须再要什么高智商、高情商……

2002年6月中旬

美德共修名长存

　　新派读者评论家看司各特，常作睥睨不屑之态，理由无非是他已成古董。

　　司各特可是我们中国人的老朋友了。世纪初，那位文采斐然、实际又很有求新意识的古文大师林琴南，译述《撒克逊劫后英雄略》（《艾凡赫》），曾倾倒过我们的老辈人。司各特那些骑士、侠盗、王侯、命妇、僧侣、隐士、乞丐、巫女……曾伴随我们一次次往返奇幻的时间隧道。电影人更帮我们在感观上全面体验他的斑斓缤纷。至今，我们出版种种外国文学经典书系，往往没有忽略这位欧美“历史小说之父”。

　　其实，不仅中国人念旧、好古。走进苏格兰，特别是司各特出生的爱丁堡，时时处处都会感受到他的浓郁气息。最醒目处，自然是那座纪念碑。赫然矗立市中心王子街边，青砖锥顶方亭形，内中端坐他的白色克拉拉大理石雕像，宽袍广袖，左肩上披苏格兰高地长披衣，右脚旁眷伏他的爱犬梅达——司各特写作时，它总是这样与主人相伴。这座锥顶塔亭，高不过60余米，却以它那比例适中的尖峭而呈直上云霄之势。看它锥顶四周层层相应的椎形雕饰，以及交叉穹隆式骨架，无疑是维多利亚时代的新哥特式，19世纪之初，无名建筑师坎普的设计初中选时，曾以其模仿之嫌而招纷纷非议；落成后，却成市内迄今最美的建筑之一。司各特的散文及诗体历史小说，虽多为描绘重大政治事件写实长卷，其中的神妙想象和狂放激情，却使它难与前代浪漫哥特小说断然分割。手艺匠出身的坎普形成自己设计思想时，想必溶入了这种思考。细看亭碑四层椎顶周围环绕64个司各特小说人物和16位苏格兰诗人小雕像，更可见这位设计师对司各特及苏格兰文学的熟悉与热爱。

距纪念碑不远，新老城交接处，有一座古老阔大火车站名威弗利。这是司各特第一部小说及其主人公名字，也是他开头一系列小说总名；车站前一座现代化大购物中心，还有街头著名咖啡馆和其他商业点，也取这个名字。如果再走走大小公私博物馆、作家故居以及学校、教堂、会堂、故宫，则可见更多司各特身影、旧物、遗踪。

离开爱丁堡北上，车游在诗人彭斯心之所在的高地，更易驰骋司各特意境的遐想：那连绵起伏的针叶冷杉，是不是红酋罗布·罗伊一伙啸聚的山林？那山径尽头静谧如镜的湖泊，是不是韬晦待时的詹姆斯党人与心上人幽会之所？高速路边休息站店主一家，是不是威弗利和露茜的后裔？……突然，路旁一片开阔地闪现出了两个打斗武士。赤膊、裸膝，着方格花呢裙和长披衣，执长短古剑，进退、攻守、击刺，俨然司各特故事再现。他们是格拉斯哥城中年轻人、苏格兰武术学会成员、司各特小说迷，每逢周末，常前来作此怀古健身娱乐，体验古代武士风度。

在苏格兰领受司各特最深处，是英（格兰）和苏（格兰）边界地区寺津（音译阿巴茨福德）——司各特的乡间庄园。这座仿古住宅，坐落在平静如带的退德河畔，四周绿围翠绕。房厦属中古风格，后称之为"苏格兰贵族式"。庄重、大气，有北方民族的敦实、仁厚。意大利文学批评家玛里奥·普拉兹说，它是哥特式寓所，不知是与城中纪念碑混淆，还是另有根据？这是司各特成名发迹后修建，但不同于哈代的麦克斯门——那是建筑师出身的哈代亲自设计、亲身督造；它也不像狄更斯的盖茨山庄——那是狄更斯渴望已久才购买的成品。司各特出身古老贵族世家，资产阶级革命后，其祖、父辈已失去政治、经济上的世袭优势，但他赋有不少贵族名实相悖地缺少的高贵。他本人是事业有成的律师

司各特庄园全景

和行政长官，凭文学创作成果而受男爵册封。这座宅院，是他以劳动所得购置，原不过废旧农庄，经司各特数年不断投入，才渐成壮观而又富有珍藏的贵族庄园。

我们穿廊、登堂，浏览书房、藏书室、客厅、兵器室、餐厅等所有开放居室，足以激发对司各特当年写作、待客、收藏等活动想象；而最令人动情的地方，则是那间华美宽大的餐厅。作家逝前，曾移榻此室，其时不过61岁。此前六年，他随自己经营出版业合伙人破产，出于骑士侠义心肠，他欲以此庄园相抵，遭到同样侠肝义胆债权人拒绝。作家于

司各特庄园留念

是加倍奋力笔耕，以偿债务。劳累，再加爱妻先他而逝，他终为中风夺去寿命。瞑目前，他静卧此大厅窗前，遥望自幼倾心爱恋的退德河水。他定是死而无憾。他的遗作出版所得，终于还清欠债；他的子孙又将他这所遗宅完好保存至今，连同他的浩瀚作品，供后世人永享。

告别爱丁堡南下，在约克、兰开斯特、沃瑞克等郡，直到伦敦，沿司各特遗踪，我仍追寻思路，作悠然漫游：司各特身后文名日下，其实不过文坛常规，而他历经新人频出的近两个世纪，仍能保持自己一席，则非仅因后世人念旧、怀古。20世纪以来新流派批评家更重作品精神底蕴、性格内涵，对司各特固然各有高见，但这位言行一致的小说家为人为文的传统美德、古道热肠，却永远令人神往。他当年又是如此谦让冲和，正值诗歌创作顶峰，却坚辞桂冠诗人荣名，将之让与湖畔派骚塞。他一旦发现青年诗人拜伦势不可挡天才，不仅公然表示自愧不如，而且毅然放弃诗歌，改从小说。这正是一种知己知彼的明智，也是退德河水般的坦荡。想想少年气盛的拜伦，以前在那首著名长诗《英格兰诗人和苏格兰批评家》中，对这位前辈曾如何极尽挖苦之能！如果司各特也犯意气用事的作家通病，继续与拜伦小子"对着干"，也许，苏格兰会减少一位他们堪以之而得意的儿子，书迷会减损一份阅读之福，历史小说也真会在欧美迟生一些时候？有谁知道……

1998年11月16日

早夭诗人的不归路

　　从伦敦启程渡海峡赴欧陆之前，刚刚去过汉普斯台德荒地，造访了济慈故居。踏上欧陆，辗转数国至罗马，又寻访了西班牙广场的济慈纪念馆和新教墓园的济慈墓。于是，在这一个月从英伦至欧陆纵横交错的旅程中，不知不觉编进了一条济慈之线。

　　在文学史上，他与拜伦、雪莱同组。他的两位年长者，生平行止似其诗文，活得浪漫潇洒；在英国本土和欧陆，遗踪遍地。济慈则大有不同：他未曾拥有耐久的豪宅、雅舍、寺院、别墅、名校，留给后人观瞻凭吊。身为伦敦萨匝克区服侍阔人坐骑的马房主长子，他生于与马房临接的普通住宅，少年时代在同区的医院当学徒，开业，直到移居汉普斯台德，脱离了并不喜爱的医药行，他的专业诗人生涯才落到了实处；身后，他的遗踪也才落到了实处。其余与他早年生长，谋职之类相关的种种，则只有善于穷索深寻者尚能略获蛛丝马迹。

汉普斯台德荒地是伦敦市北近郊区，至今仍保留着不少英国草原丘陵地的原始天然风貌。环境幽僻，空气清新，而又地近闹市，恰是古今中外骚人墨客心向往之的"文化区"。济慈少失怙恃，早早肩负起扶养弟妹的重任，幼弟罹家传肺结核病，才迁至此区由济慈亲自照看。弟逝，身心交瘁的济慈应诗人朋友布饶恩之邀，迁至"荒地"南头的温特沃斯寓所，如今成为济慈在英国的唯一博物馆。

这是一栋带庭院有地下室二层楼房，半独立式，包含可供两家居住的两个单元，由布饶恩和文人朋友狄鲁克合建。规模不大，结构简朴，树篱院墙、栅栏街门、白色屋墙，形成一种田园氛围。室内陈列诗人日常用具，简单平常，大多是名人博物馆陈列品中的看家项目，唯有一枚济慈赠未婚妻芳妮·布若恩的订婚戒指，是随诗人早夭而夭折爱情的鉴证。

济慈1818年末迁居于此，与布饶恩合用东单元。次年春，孀居的布若恩太太携女儿们赁居西单元，她年方十七的长女芳妮清纯秀丽，立即攫获了唯美年轻诗人的心。庭院内树篱边不过一20米长、1米宽的林荫夹道，和房屋四周厚密如棉的草坪以及稍远处的山林草地池畔，都是他们悄然痛饮爱情蜜酒的地方。这大约是济慈初次、也是唯一认真的恋情，它激励年轻天才的诗神暴长出雄健的双翼，鼓振翱翔。他生平最主要的诗作，都是此时此地完成。庭院东侧，如今仍有一棵孤立的李树，低矮细瘦，枝头挂着一枚干瘪的果实，在夏末的阳光下泛着熟透的紫红。可以想见，当年这一对青春韶秀的佳侣在这片美丽的背景之中，曾绘构出多么悦目的图画，可憾他们的爱情没有像李子那样成熟，瘟神和死神联袂插足，将他俩活活拆散。

这棵李树只是当年济慈那棵李树的替身。布饶恩在致友人书中说："1819年春，一只夜莺在我寓所旁筑巢，济慈听着它的啼声，感到阵阵舒心的喜悦。一天早晨，他将椅子从餐桌旁挪到草地上的李树下，静坐两三小时，等他进入屋中，我看到他手中已拿着几张纸片，悄悄塞进一些书的后面。"那首徐志摩称之为"神奇"的音乐般的《夜莺曲》，就是这样一挥而就的。当时门户之见根深蒂固的英国批评界对这位骤然腾升的明星并不认同，甚至恶意讥讽他为"伦敦小子"学派，这自是对天生敏感、自尊的诗人致命的打击，但如拜伦所说一个批评杀死了一位诗人，似乎又未免过甚其词。就在此时，济慈照看幼弟期间感染的肺结核病已入膏肓，为防止情绪激动加重咯血，他不能写作，甚至不能与芬妮相会，致使一对比邻而居热恋中人之间，竟成咫尺天涯。如此处于事业与恋情的双重无望，年轻诗人的痛苦，可想而知。幸亏他有真正的朋友，由他们精心安排，有约瑟夫·塞文陪伴，赶在英国潮湿阴寒的冬季到来之前，渡海峡，走水路，过那不勒斯，历一个半月舟楫风霜之苦，到达罗马。

我与张扬从伦敦去罗马的季节和具体路线与当初济慈所取不同，加上有现代交通之利，一路便捷、惬意多多。时值仲秋，罗马却比一个多月前的伦敦盛夏更为燥热。赤日高温加速了心律脉搏，催人快去拜访济慈在这座古老城市中的踪迹。

西班牙广场在市中心偏北，与汉普斯台德之间氛围的闹与静的反差，犹如其气候的热与凉。广场中心有巨大鱼身雕饰的喷泉，是著名艺术家伯尼尼的佳作。喷泉与广场正北侧高丘的三一教堂中间，由138级石阶贯通。济慈当年的住房，就在这条著名的西班牙台阶起点东侧，称"小红房"，名副其实地呈南欧常见那种温暖的粉红色，四层，和汉普斯台德的温特沃斯同样格局简朴，颜色则又是一个反差。

当年济慈千里迢迢抱病来到这里，居留不过三个月，就与世长辞。他生前所有用具，包括壁纸和木质门窗，都为消毒而尽行烧毁。如今纪念馆内的陈列，已非原物；只有起居室兼作塞文卧室那间狭长小屋的壁炉，他偶尔为济慈治炊的地方，烟火熏炙的痕迹仍明显可见。塞文为给济慈提神消遣，还临时租用了一架钢琴，亲自为他演奏他最喜爱的海顿的交响曲。那一纸由塞文签署的借条，至今留在了展品之中。这整个第三层楼原为他们和房东太太合用，现已辟为图书馆式的博物馆，收集了大量济慈与雪莱等作家有价值的手稿、图书和遗物。从展室墙上一幅老风景画可见，这一带起初是依山势而成形，土路陋舍，相当寒简。18世纪后逐渐兴旺，成为文人荟萃之地，乔治·艾略特、歌德、柯勒律治、雪莱、拜伦、勃朗宁夫妇、亨利·詹姆斯、伊迪斯·沃顿、王尔德、乔伊斯等都曾驻足；但是不管时间长短，他们都没有像济慈这样，和这里发生过生死攸关的联系。而另一处真正与济慈的死亡直接相关的地点，就是新教墓园。

次日清晨，早早动身径奔罗马市区南端，在墓园内靠近古罗马城墙废墟那座名为凯攸斯·色塞提乌斯金字塔的高大陵墓稍偏西北处，终于找到了济慈长眠之地！他占据了墓园围墙的一隅，方圆约十余米，墓碑有并排两通，左一年代稍久，是济慈墓；右为塞文。济慈的这位始终不渝的艺术家朋友，在亲手安葬济慈56年之后，自己也来与他长相厮守。在这两通墓碑等距之后，还有一小型墓碑，是塞文一个早夭婴儿之墓。塞文年长济慈两岁，在与济慈相识相处期间，已是为皇家学术院看好的画家，仅从他为济慈、雪莱所作画像，也可知其功力匪浅，但是为了友人安危，不计自身利害，至死与朋友相随。他在济慈弥留之际以日记体写下的那些书信，文字平实朴素，但是所记录的真情实景是那样凄恻宛转，足以像精美的抒情诗一样催人泪下。

在这三足鼎立一组墓碑左侧的围墙上，装饰着济慈的浮雕侧面头像和后人镌刻的诗句：

> 济慈！假如你那珍贵的名字真是"写在水上"
> 那点滴都应是从悼念人脸颊滴落；
> 一份神圣的供奉；那些英雄追求
> 炫目的杀伐征战，却往往只得虚空。
> 长眠吧！这句恰如其分的铭文才更加光荣。

按照济慈的遗愿，他的墓碑上没有姓名，只刻有"英国青年诗人"，下面两行主要文字是："此地长眠一人，其名写于水上。"这是济慈遗言的原话。

稀世的天才，25岁早逝，多么像一颗天际陨落的流星！济慈以其谦谨内向的性格，并未愤世嫉俗，也不抱怨命运，但他还是自叹文名之未成，一生之犹如朝露。他和塞文都没有料到，他的身后之名会那样地蒸蒸日上。这大约正是由于，他的名字在不断以喜爱他的人的眼泪深描重写。

终与挚友共长眠

就在这同一座墓园中围墙的另端，紧靠古罗马城墙废墟的脚下，还有雪莱的墓穴。这两位客死异国的英国诗人，再加上死于希腊的拜伦，可称英国浪漫主义诗歌的三杰，他们同样丰姿俊逸，才华横溢，而且早夭；实际上，且不论在出身家境方面，济慈所处的弱势与他的两位长者不同，仅就早夭，也与他们大有区别。在近200年前的世界，人类寿命，还低于如今，拜伦死于36岁，雪莱死于30岁，而且都已文名彰显，可以说是英年早逝。只有济慈，才是真正的早夭。雪莱在他逝后立即写就《阿都尼》一诗沉痛悼念，将他比作令维纳斯单恋穷追的早夭美少年，实不为过。通常人们信口说，这三位诗人是好友，拜伦与雪莱信然，济慈与拜伦其实几无过从，而且对其诗作评价不高，尽管拜伦确曾著文对之表示称许；即使雪莱，济慈与之也不过数面之缘。在济慈赴罗马求医养病的最后日子，客居比萨的雪莱夫妇曾竭诚相邀他去彼所，以便得到更有益的照顾，但却没有为后者领受。通常的解释是，济慈出身低微而又性格孤傲，但他却又真正拥有布饶恩、塞文等一批挚友，与当时浪漫派文坛代表人物和活跃分子亨特、赫兹利特、兰姆等也都相得甚欢，因此，这浪漫主义后三杰，应该还是被视作他们是代表了这场文学艺术运动在诗歌领域的最高成就而形成，并非依赖个人关系。

不过，就个人气质与作品风格而言，济慈与前二位仍是大不相同，他没有那些重大的题材，缺少那样恢宏的气势。他以杜鹃啼血式的竭诚，倾吐衷情，追求与完成着真与美，化平凡为神奇，变陈迹为新生，炼语言为音乐，从而跨越了潮流与时代；再加上他生命短暂而且取少予多，后人对于他，更永远送上一份诗域之外的普通怜爱。

久久静坐在墓侧的长椅上，目光迎送着一批批默默来去的同好，心中不禁生出一些虚拟式的问题：假如天假济慈以年，他体验了盛名、婚姻、晚景……思想突然脱轨，骤然飞落温特沃斯寓所那株李树梢头，呆望着那枚干瘪泛紫红色的李子。

2011年11月

蚀后月更明

我逃会了，在第十四届国际哈代双年会第三天。并非当日节目无趣，是会址英格兰多切斯特附近另有一座城市伯恩默斯。在哈代所谓的这座"时髦"的海滨避暑胜地，那位德伯家的苔丝遭丈夫遗弃和娘家破产，走投无路卖身亚雷后，又与安玑·克莱重逢，杀死亚雷，与安玑潜逃，就发生在这里。哈代给它取名沙埠。但是它吸引我，却另有原因，而且已经萦惑了我多时。

从火车站穿街过巷越岗下坡，很快就找到了那座圣彼得教堂，门前石阶铺路的山丘半腰，我如此轻易地就发现了目标：一座苔锈斑驳的古老石砌大墓丘，长方棺椁型，顶盖是带长脊的四面五棱形。我绕墓数匝，仔细阅读了顶盖平行四边形两面镌刻的铭文。一面是：

> 威廉·葛德文，《政治公正》的作者，1756年3月3日至1836年4月1日

玛丽·沃斯通克拉夫特·葛德文，《女权辩护》的
作者，1759年4月27日至1797年9月10日

他们的遗骸于1851年从伦敦圣潘克拉斯教堂墓地
迁此。

另一面是：

玛丽·沃斯通克拉夫特·雪莱，威廉·葛德文与
玛丽·沃斯通克拉夫特之女，珀塞·毕什·雪莱遗孀，
1797年8月30日至1851年2月1日

珀塞·弗洛伦斯，雪莱从男爵第三，珀塞·毕
什·雪莱与玛丽·沃斯通克拉夫特·雪莱之子，1819年
11月12日至1889年12月5日

简·雪莱·上书从男爵遗孀……

这是外祖父母、母亲、外孙及外孙媳三代人的合葬墓，
外祖父母是启蒙时代一对平民思想先驱，母亲是作家。在欧
洲古老的墓葬场所，家族墓葬群并不鲜见，但是像这样的
"母系"合葬墓丘，却也不同寻常。这位第三代的从男爵和
他的妻子为什么没有葬于自己父系贵族之家的祖坟？他外祖

父母这一对著名文化人为什么迁葬？他母亲、诗人雪莱之妻为什么未与丈夫合葬？这都是极易发人联想和遐思的问题。

我所专注之点，还是墓中那位不成双的玛丽·雪莱，除儿媳之外，她与墓中每位都有直系的血缘关系，她也是家族浪漫而又凄婉故事的关键人物。

如果今天重刻墓碑，玛·沃·雪莱的姓名之后肯定要加上一句"《弗兰肯斯坦》的作者"；但在她生活与辞世的大约200至150年间，人们心中的她，首先只是雪莱之妻，其次是葛德文与玛丽·沃斯通克拉夫特之女。而这部《弗兰肯斯坦》，讲人造人的故事，结果是科学家对他所造的人失去控制，后患无穷。在200年前的当时，这只算是作家放纵想象力的恐怖荒诞之作，难登大雅之堂。今天，日益关注自己属类命运的现代人，面对种种高科技，包括克隆的成果，严肃思考着人类自身的辉煌创造成果究竟是福是祸，蓦然回首，发现了玛丽·雪莱的直觉力和预言力；而她写作此书的当时，只不过是个十八九岁的少妇。

秉赋了父母优秀的遗传基因，她生来早慧、俊秀，加之后天书香的熏陶，她又博学、多思，与诗人雪莱结合，成为他生活与文学事业的得力伙伴，难道她还不足以说是天之骄女？但是，在她那不长不短53年的生存事实中，很多加诸其身令人愉悦的修饰词后，却往往跟随着悖谬的反义词语：

　　她是一对名人父母之女，但其母在她出世11天后即辞世，继母是个平庸女人，父亲又是个自我中心的学究，终生拮据；她是父母的独生女，但出生即有一同母异父之姐，后又有一继母与前夫之女的妹妹，加之与继母不合，那个与她毫无血缘关系的妹妹又与她有半世效颦式的纠缠，她的闺中生活并不平静；与浪漫多情、"美貌如女子"的浪漫诗人相恋，无异于遇到了白马王子，但此人彼时已是有妇之夫和有子之父；她与雪莱私奔，辗转法国、瑞士、意大利，共享激情性爱、水色山光、阅读写作之乐，旋即出版了她记录此段生活的散文集，可谓风光无限。但在居无定所的流浪中，也饱尝了风霜、病痛、失散、少食缺衣和世人白眼。随行的继母之女夹心饼干的作用，在这种本身已是苦乐相伴的"蜜月"中更是大煞风景；雪莱前妻死后，这一对心神交融的情人虽结为合法夫妻，但从未获雪莱那位爵士父亲的承认，而且那位不幸的小女子海瑞埃塔之死，是自溺于伦敦海德公园蛇形湖，尽管事出多因，此事本身以及她撇下的一双幼儿还是给雪莱和玛丽的婚姻生活投下憧憧阴影；他们这一对文学夫妇在年貌、才智、创作上如此珠联璧合已成历史佳话，但共同生活不过12年，雪莱即遇海难暴亡；玛丽比许多未婚无子的女作家幸运，有她与雪莱的儿子相伴送终，但是她曾遭丧失三个子女之痛，而她与雪莱的这位唯一男嗣才智平庸……

　　一位身为名人妻女的名女作家一生中竟有如此繁多的遗憾，这令人在敬重之余，别生一番恻隐。我在伦敦也曾寻访过她的遗踪。她生在这座大都会当时北郊的萨默镇，她父亲当年那套虽然宾客盈门但却湫隘局促的公寓房，似乎已难寻觅。她父母身后，本葬于此镇附近的圣潘克拉斯教堂墓地。玛丽从幼女时代起，常到亡母墓上冥想、阅读，凭吊，就像玛丽·安·兰姆在《水手舅舅》中所写的那个小贝萃一样。她与雪莱定情，也在这里。但是这座墓地19世纪中叶即已改建成公园，玛丽·雪莱随已继承爵位和祖产的独子定居伯恩默斯，她父母才随她逝后安葬而迁葬，在伦敦圣潘克拉斯旧墓地，则只留下了他们的一块墓碑。如今，那座欧洲最古老的基督教堂之一以及围拱四周的花园，伴随着偏南方向的国王十字和圣潘克拉斯铁路枢纽以及新迁的不列颠图画馆，已成了闹中见静的憩息之地。玛丽·雪莱父母以及她与雪莱和此地往日的联系，则成了此一景胜永远的骄傲；不过，它终究不如拥有家族真实骨殖的那座大墓丘实在。迄今，伯恩默斯兴起不过百余年，哈代借安玑·克莱的眼睛描述它为骤然出现的神仙世界。如今，海滨依然"海浪滔滔"，但是过山车、旋转木马、冲浪人和浴客的喧嚣，则冲淡了安玑苦寻苔丝时耳边的"松涛瑟瑟"。

圣彼得教堂墓地如今也是一座街头公园，园地主体是座小山丘。细草芊芊，绿荫森森，不时有少年学子相伴登临、散步、小憩、朗读，倒留有一息现代前的遗风。当年雪莱的海滩悲剧，发生在遥远的热那亚海峡，尸体飘留在意大利维阿瑞吉奥附近海滩，就地火化。其时他的好友、传奇人物垂劳内从烈火熊熊的柴堆上一把抓出了诗人的心肝，后来也随葬在圣彼得教堂墓地的坟丘中，雪莱的骨灰，则葬在罗马城南新教墓园。雪莱逝后，玛丽携三岁幼子孀居，拒绝包括垂劳内的追求，以笔耕为生，连续创作了四五种小说，迄今未获像她英气勃发的早年所作《弗兰肯斯坦》那样的认可。但是她以大量心血倾注于搜集、整理、编辑丈夫的遗作，同时又竭尽所能教养独子，从向不承认她的公公处争得对儿子的扶养权，终于供养他完成了高等教育。只是到了她生命的最后六年，弗洛伦斯·雪莱继承了祖产，他们母子的经济状况才彻底改变，但她久已心力交瘁，难享天年。

离开英格兰南部月余，我又有缘在罗马寻访了那座名流荟萃的新教墓园，在罗马古城墙南端。雪莱之墓，紧靠城墙的废墟，左侧前方有一棵笔直参天的大树掩护着石碑。雪莱墓与他的同胞少年诗人济慈墓，只不过隔墙数箭之遥。济慈在罗马病逝，雪莱立作挽诗《阿都尼》，并亲来送葬，即已暗暗看好这块宜于长眠之地，玛丽和他的执友诗人亨特等将他安葬于此，正是遵从他的遗愿。不过雪莱初来此送葬时，怎会想到时隔仅仅一年，自己也长眠此地！

那么，像玛丽·雪莱与诗人丈夫这样分葬，天各一方，不也是一种缺憾？

他们都是才情高远的无神论者，平生放浪形骸不拘流俗，大约不会看重身后本属虚空之事。再说，他们在自己短暂的有生之年毕竟轰轰烈烈地活过、写过、爱过，他们各自的诗文也浸润着对方的心血和灵感，这比两抔遗灰的混合凝重得多。

不过，在不知世事之艰的早岁，他们那份轰轰烈烈当中毕竟苦涩太多。既然到了孀居的中年，玛丽为她的《弗兰肯斯坦》做序时，自己也惊讶于身为少不更事的女孩，竟会写出那样的恐怖惊怵之作；那么在她回首与雪莱共度的激情狂热时日中间，又是何等心情？如果甜蜜往事上掺杂的苦涩过多，挥之不去，是否也会冲淡她圆葬的欲念？

不管她对自己及雪莱的一生做何评价，事实上，她身为女儿、妻子、母亲、朋友，以自己的坚忍、宽厚、慷慨、才情与魅力，都超然兀立于名双亲和名丈夫之外。而在她生前和逝后相当时期，她总活在父母、丈夫的阴影中，因此她的一位英国传记作家简·但称她为蚀中之月。真是吗？我们都见过月食：明月渐被黑影蚕食、吞没，失去光华，但只有一瞬；黑影退尽，明月圆满如初，而且会显得更加明亮——不，她根本不是月亮，她本身就是个会发光的美丽星体。

2002年9月

伦敦北头谒马恩

——游学日记二则

一

2000年8月21日，星期一，晴。英国夏日典型的好天。中午出发去Highgate（海格特）墓园。从南头克拉普安公地乘北线地铁，穿市中心至海格特站。此为欧洲距地面最深的地铁站，行人于地下由电梯送至山上地面。出口南行，迤逦过维多利亚式古街区，沿瓦特劳公园外墙至墓园。

"是来看马克思的？"门内售票处一修长长者面带会心微笑递过门票，显然已认出我二人国籍。尝为免费参观，如今票价，包括照相（自带机具）、导游、共约合人民币百元。

园分西东两座。西为数百年老园，林木森森，碑石雕像交错，中心陵丘依山势筑为古埃及王陵式，围葬贵族、政要、文化名流。陵丘四周曲径交织，宛若迷宫，无向导很难举步。

出西园，跨路，入东园。此为后建现代新园，乔治·艾

· 172 ·

略特亦于此长眠。园中地势朗阔，花木碑墓错落有致。沿主
岔道东转，俄顷，卡尔·马克思硕大黑色头像扑入眼帘。时
近午后四点，园中游人渐稀。唯此墓前围聚三组参谒者，
均三四十岁中青年：一为伦敦本市内人；一为操西班牙语
者；另一对夫妇携七八岁童子，来自德国。马克思头像坐落
于高大粗重正方石基座，座脚有新献鲜花一束。座正面刻
"WORKERS OF ALL LANDS UNITE"及马克思生卒年月日
等字样。此像真为艺术佳品，富粗犷美：前额宽广，纹路清
晰，现其天生之睿智、深思；须眉浓密，栩栩欲动，表其内
心之炽烈豪迈、激越；双眸深藏凝神远视，显其志向之高
远，信心之丰盈。

　　来自西班牙的年轻先生，倚路旁铁栏，流连不去，目光
深沉，略带忧郁。惜语言障碍，无法作深谈。

二

　　2000年9月27日，星期三。午前秋雨阵阵中出访菲茨若伊
路厉大夫，电话约会中即闻其宅隔壁为叶芝故居，临街又有
恩格斯旧宅，令人喜出望外。入厉大夫门前，已观叶氏宅，
诗人童年在此度过。

　　在厉家稍事茶饮即随主人暂出门，瞬间步至摄政王公

高门伟人

园路恩格斯故居前。此一带，顾名思义，地近摄政王公园，位其正北方，为中产者麇集地，环境幽静，房舍精雅。恩格斯寓与叶芝寓前脸均饰国家信托公司蓝色圆标牌。如今仍有私人居住，为乔治式带地下室四层楼排房。简洁、坚实、大气。马、恩晚年均在伦敦客寓。于此间，恩格斯重操向所恶之经商旧业，以助马克思生计，促其成大业。择此区而居，想必便于商务。其时马克思及妻女居梅特兰公园路，距此北向不过一站之遥，想来也是二人有意安排，便于彼此往来，共计宏图。

2001年9月23日

心潮在这里澎湃

——巴黎拉雪兹神父墓地

一、并非慕名

通常的墓地，都是庄严肃穆，能令尘世人心骤然沉静，到此，为什么激情肆跃，不能自已？

这绝非出于慕名，尽管它号称举世最大公墓，每年统计前来参谒的人数也为全球之最；而且地处巴黎近郊，沾尽了法国历史积淀的辉煌，分领了醉人眼目"浪漫之都"①的风骚。

盛名之下，原本难符。这里则因其独有的内含而足可与这座城的种种美誉并驾齐驱。

你必须慎重选择入口而入，因为它占地面积庞大——从路易十四时代开始，占用了城区西郊那位名叫拉雪兹神父的私产开始，至今已扩展为44万平方米。

① 巴黎，人云亦云称之为"浪漫之都"者，醉人也。酒醒后观之，满目世俗、物欲、实而又实，难符浪漫之本意也。

这里也像活人的城镇一样，街道纵横交错，居所星罗棋布，只是树木葱郁，花草如茵，比活人的园地更加规整有序，而且少有凡俗肉体所必不可免的烟火及遗秽。

它总共接纳了近七万逝者，其中至少有3000座"居所"以其造型设计及其上形形色色的雕饰之精美而堪称艺术珍品。其中更有一些镌刻着享誉全球的名字：巴尔扎克、肖邦、莫里哀、比才、大卫·雅克·路易、德拉克洛瓦、伊莎朵拉·邓肯……真是数不胜数，寻不胜寻。但是人死，无论是谁，还能主宰自己的身后之事！德拉克洛瓦么——他那样善于以色与线表达自己浪漫的激情，前天，在卢浮宫还刚刚看到了他的真迹，其中那幅《自由引导人民》曾经怎样地激励过我们青春的生命。在此地，他那激越的灵魂所依托的，则是一块棺木状的黑大理石块，刻板至极；普鲁斯特——那样富有细腻的想象力，能够精心开凿人的内在意识的长河——他的阴宅只是一块长方形扁平凡庸的石板；巴尔扎克呢，看来比较显赫，墓前伫立有他的胸像，聊足与其著作浩繁的大家身份匹配，尽管他一生深陷挥霍——负债——还债的怪圈，成为难以自拔的债奴；那位邓肯女士，那样地风风火火，几乎是在永远疯狂的跳跶中度过了不长的一生，留下的遗嘱是骨灰撒进大海，最终却是静静乖乖地待在这里，再也无法跃动……

　　他们的墓上，几乎都有随意摆放的一两束鲜花，说明在西欧夏日这些平常的日子，还有少数他们的"迷"①惦记着他们。不过，也犯不上在这里为他们抱屈，因为我们本来并非慕这些人之名而来。

二、寻访王尔德

　　展开墓园指南，按图索"迹"，在距离北园墙不远处的89区83号，立即看到奥斯卡·王尔德墓。墓碑是影壁形直立式，底层基座上，由一块完整长方石板构成中层，其上，是两块紧紧并贴长方形石板构成的顶层，面上刻有简单的铭文。背面是一幅侧面全身男性裸像浮雕，现代风格，臂背肩负巨大翅膀，又似书页，头戴弹壳形西欧中古皇冠式高帽。头面椭长，使人想起王尔德的面型；表情凝重，更使人想起他尚且年轻的后期生涯所遭受的屈辱与灾难。

　　在园中众多墓寝当中，这一座规模巨大，而且雕饰富有艺术性，已足引人注目。从碑上铭文可知，这墓是被毁后于

---

① 鄙人偏恶如今已流行至泛滥的那个词"粉丝"，总愚妄地自认仅以音类译意义毫不相干之词，属于讹译，仅可视为校园年轻人之语文游戏，不堪模仿、普及。

1992年重建，距他获罪两年入狱后开释，已近百年。我手头至今尚缺此碑兴衰史，只记得，伦敦西敏寺内"诗人角"那座英国历代领衔文豪的墓

奥斯卡·王尔德墓

葬和碑纪堂内，如今已经接纳了这位魅力无穷的艺术精灵。那大约只是衣冠冢性质的纪念碑，而拉雪兹神父墓园中的这座墓碑与其主人共辱共荣的经历，则可想而知。王尔德出狱后贫病交加、蒙羞被弃，酗酒自毁。三年后，留下应写的文字，逝于巴黎，简慢落葬于巴黎一座普通公墓，后经好友多方努力，以其身后所遗还清债务后，才有实力移葬于此。

我们，身为非同性恋的普通人，那天是半怀对其充满奇思妙想、睿智纯美作品的由衷喜爱，半带对其身世遭际、浮沉荣辱的惶惑好奇，悄然走到这里，原本静穆超脱的心，立即怦然然投入——皆因墓碑四周的奇观：先是那块巨大显赫的现代风格石碑的材质，远看仿佛是一块带有彩色斑痕的特种石料，趋步细看，才知石面上那些由浅到深的斑驳红痕，

原来都是唇印。一些是手绘，一些则是直接的吻印，另外还有一些是绘画的心形、花朵以及签名。再看紧靠碑座四周的地面，散漫地布满齐整的花束、野生的花草、精小的盆景，还有一块石子、一只贝壳、一枚廉价的戒指、一些大大小小的各国硬币，一张四个面貌清秀青年的合影照片……数量最大的，是尺寸不一、形状不整的纸片，有些甚至只是一张车机票据，一张博物馆或剧院的入场券。在走过的欧洲大小城市中，巴黎的市容算不上整洁，但是在园庭道路，随手抛遗垃圾的情景，亦不多见。然而那些遍地的纸片，其上草草写满英、法、德、俄、意、西、印地等国文字，说明它们并非野恋粗鄙游人的废弃物。

请看其中的英文表达的一些大意：

"永远记住你的话，它们永远鼓励我。向你致敬。"

"看到你是一种愉快。"

"来看你并带一瓶啤酒送给你。"

"你永远年轻。"

"你是最优秀的。"

"你永远不会死。"

"每到巴黎都来拜访你，你是天上的星星、是希望。每看到你，心就跳动，像读你的诗。"

"我们都在一个沟槽里，但有的人仰望着星星。"

……

从这些发自肺腑的悲情留言，甚至从书写这些言词所用寒简轻贱的载体，以及其上那些书法的幼稚、潦草，可见这些拜谒者大致的社会地位，也可想见他们在人生的跋涉过程中都曾经历了怎样的艰辛与磨难，但从他们这些草草写就只字片文的字里行间，则可看到他们那顽强的生存意志和纯真、美好、正直的理念。由此，我又回想起日前拜访海峡对岸、伦敦高门（海格特）公墓拉德克利夫·霍尔墓冢的时刻。此前四年，我和张扬合译了她那部著名的自传性长篇小说《孤寂深渊》——人称"女同性恋经典"，次年初版后，曾收到境内外与该书作者及其主人公身份雷同读者来信，众口一词地表达了他们读此书一种终得知音的情怀，和我们在此地所读这些残纸断片上所书，是多么令人惊喜地相似。那部小说所具有的那种高朗和尊贵的情调，竟在这些卑琐残毁的纸片上找到回应，则更是我俩始料所不及！

我和张扬当初应约翻译这部书的意向，在我为这部译书前言的一句话中，已尽行表达：

"至少，在一个人由于自身生理、身世、历史等主观因素或环境背景、政治、种族等客观因素而成为异类，陷入与主人公斯蒂芬·戈登同样苦闷、惶惑、恐惧的困境时，阅读这部小说当会相信，振作精神、奋争不息、永存高尚情操、避免沉沦和毁灭者，早有人在。"

站在这位死于落寞的稀世奇才墓前，我又忆起此前三年游美及加拿大期间，在科罗拉多州勃尔德小城的特种咖啡馆和多伦多大学校园，还有此后四年在澳大利亚墨尔本的植物园，我们都见到不少公开了自己身份的这类人。眼见他们的相貌、风仪、言谈大都令人惊奇地优于我们芸芸常人；甚至想到一些芸芸常人竟如此缺少宽容，对自己人类中的那一类同胞坚持他们的歧视和排斥，是否也有嫌于借己天生"正常"之势，行骄人、欺人之事？

那天，2000年8月30日中午，辞别王尔德墓，我与张扬还边走边谈说：吾非其类，但宽容并尊重彼等之存在。

三、巴黎公社社员之墙

从王尔德墓西行，穿过"街区"二三，经过纪念法西斯集中营牺牲者、世界工联、西班牙国际纵队法国同志等等纪念碑与墓地，迤逦来到76区，墓园东北角一段偏僻的围墙前。

整个这座墓园的围墙，高大、坚固、全由深浅驼色大石块砌成，东北角这一带，墙面爬有绿阴阴的藤蔓植物，紧贴墙根，植有鲜艳生动的花

巴黎公社社员墙

草，唯独恰在拐角西侧有一小段墙面，光洁、空白，只在当中嵌着一块巨大的大理石板，上书：

公社社员之墙

1897.5.21—28

墙根的砖铺地上，放着几束鲜花，从石板上线的缝隙间，插了数枝开始蔫萎的红玫瑰花蕾——这些显然都是近日有人特来凭吊的遗踪。灰白石板两侧墙面上钉的几个粗大锈蚀的铁钉，令我联想到恩格斯在1891年为马克思的《法兰西内战》一文序言中有这样的简洁描述："在经过八天的斗争之后，最后一批公社捍卫者才在伯利维尔和麦尼尔坦的高

地上阵亡，于是……愈来愈残酷的屠杀到达了顶点……最后一次大屠杀是在拉雪兹神甫墓地上的一堵墙旁进行的，这堵'公社社员墙'至今还直立在那里。"不言而喻，墙壁上那些牢牢钉固的带钩铁钉，正是牺牲者悬吊暴尸的铁证，而如今那几支蔫然下垂的红玫瑰花蕾，正是象形地伴随英烈逝去的美。

巴黎公社，这人类史上第一次工人阶级经过武装斗争建立政权的尝试和雏形，显然为时短暂，但确实是一桩情理交融的壮举。其情，主寓于公社社员惨烈的献身；其理，主寓于公社组织为坚持实践自己理想而首创的一些措施和制度，其中为防止公职人员——社会公仆篡夺人民大众权益而采取的普选法、撤换法、限额工资法，尤为引人瞩目。

今日此时，园中如此幽僻恬谧，在西转斜阳投下的最后一抹光照中，公社社员墙整洁的墙面如此凄美，恍如为理想献身的智勇者的脸孔。我默然站立，与它面面相觑，霍然，紧紧捂住了自己的胸口：我这颗开始衰老的心已再难承接轰然来袭的血潮。

2007年5月初

风雪觅芳踪

我终于又踏上了去哈沃斯的路！2000年除夕的前一天，西约克郡和东兰开郡连同大不列颠岛国其他大部分地区正值连阴雪，只有这时是雪霁初晴，天气预报下一场暴风雪在即，我不能错过这千载难逢的机会。

2000年是个幸运年，我两次造访哈沃斯勃朗特姐妹故里，从读《简·爱》和《呼啸山庄》，到写相关评介和翻译《呼啸山庄》，访谒哈沃斯的愿望酝酿了近半个世纪，机缘却令我数过其门而不入。

从兰开郡的阿克灵顿到哈沃斯，不过几十分钟，但要翻过两郡之间峰峦叠嶂的界山。陪送我们的汤姆只择冰雪已经处理的正路小心驱车。一路上往来汽车络绎不绝，看来，虽值岁暮年关，对这富有传奇色彩的传奇姐妹作家心向往之的，仍大有人在。

秋天那次，是我的空前之访，由金和杰克陪送。杰克这位老先生，简直是勃朗特姐妹的父亲派垂克·勃朗特牧师再世：清瘦、中高、深目、圆颊，因为他也来自爱尔兰，至今也仍有爱尔兰口音。为使我们沿途观光更多，他尽量穿行只容一辆车身的山间小路，上下坡度极陡，回旋弯度又大。路旁谷底坡间山顶尽是错落连绵的牧场，间杂着棘树或石块的界篱，散漫进食的牛羊以及坚实简陋的石砌农舍。那时牧场依然鲜翠，窄叶树丛"疏疏落落，干枯低矮，极力倒向一边"，正如《呼啸山庄》中所云。山高处，西风强劲，景色愈见荒凉，几处古老农场的断壁颓垣，似乎从三姐妹的时代至今岿然不变。

那时候冒着秋风秋雨在哈沃斯村中心东南侧停车场下车，沿陡斜的主街徒步上攀，很快就透过细雨看到占据全村制高点的勃朗特姐妹故居。正式的名字是勃朗特牧师住宅博物馆。这里并非她们的出生地。勃朗特牧师六子女中的四个，包括我们的主角三姐妹，都生在桑顿村，距哈沃斯东南约六英里。牧师转任哈沃斯教区后，五岁的夏洛特、四岁的爱米丽和两岁多的安随父母家人迁居这里。这是一座乔治后期风格的两层灰色长方形楼房，夏洛特婚前和勃朗特牧师逝后，曾两度修整，但未损原貌。比起周围简陋的民宅，它虽稍体面，但与我所见其他英国牧师公馆相比，则显寒索。这又是一处令人伤感的寓所。三姐妹在此定居不久，就先后经历了丧母和失去长次二姐之痛。她们在清贫与孤独中悄然成长、自学、写作、求职，多方探求缺少妆奁的英国闺女的归宿，在费尽周折出版了自己的诗与小说之后，尚未尽享世人对它们恰如其分的高度赞誉，即相继与世长辞。

守候在门首的馆长和导游年轻、娇小，一身黑色，满面春风，这仿佛是夏洛特或是安在亲自接待我们！由这样二位女士引领、解说，我们穿堂入室，尽览了所有展室：家具、用具、衣物、图册。处处都简朴、洁净，正如她们的首位传记作者盖斯凯尔太太初访所得的印象。过去久读三姐妹传记、图册，又在伦敦国立画像馆和塔索太太蜡像馆目睹她们的容貌身影。不久前的夏季和初秋参观伦敦新大不列颠图书馆《英国作家寻章摘句展》和湖区华兹华斯博物馆《首千年英诗展》，又曾邂逅勃朗特姐妹的雪泥鸿爪；特别是大不列颠图书馆中那张勃朗特家橡木三足折叠桌，桌面一侧还刻有几乎磨平的阴文E字，据说正是常坐此侧读写的爱米丽手刻。因为已有这些经历，秋季初访三姐妹故居，也仿佛成了旧地重游。

在其他展览上，也见过勃朗特姐妹手迹，包括她们童年时自写自编自己装订成册的"小书"片断；但只有在此，面对实际大小的原物，而且贴近她们日常起居、饮食、散步、谈天、劳作、阅读的氛围，这些只有扑克牌长宽、装订精美、图文秀雅的小书才真正显出它们的厚重。三姐妹和她们那位兄弟勃朗威尔才不过十岁上下，就自然而然地开始编写起这些富有想象力的诗文。包括《年轻人杂志》、《安格瑞亚故事》、《刚代尔传奇》等。他们构思、试笔、研讨、切磋全凭本能，将此视为四人的秘密，从不为外人道。这些好玩美丽的小书在文学历史的进程中当然永远也不会与《简·爱》、《呼啸山庄》等并驾齐驱，但确是铁的见证，说明天才之笔也是经久磨砺而成。

当年四个聪明的小孩集体写作，日后成就大业的却只有姐妹三人。那位在家备受娇宠的男孩长成后好色、嗜赌、贪杯、食毒，堕入深渊难以自拔。在这个父亲薪俸微薄而又人口众多的家庭中，他曾独享姐妹们省吃节用所余，接受了正规教育，但对学业和事业都是浅尝辄止。为支持他习画成就艺术家，众姐妹以自己生活空间的局促不便为他腾出创作室。从如今仍然张悬其中的几幅肖像画可见，即使平庸画匠的基本工艺技巧，他也并未掌握娴熟；不过要不是他为三姐妹绘制的合像和残存的爱米丽侧像流传至今，尽管现代模拟绘像技术已发达到能几近写真，我们也难确定三姐妹形貌的细部。因此不仅勃朗威尔的名字，而且他的绘画作品，都是借了他那三位女性手足的光辉而青史留痕。

与勃朗威尔形成讽刺性反差的是，家人对这三姐妹本是无心插柳，但她们共用一间狭窄的小屋，上考文桥那种环境恶劣、疾病流行的慈善学校，顽强地自生自长，直到华冠婆娑，浓荫匝地。如果她们能有勃朗威尔那样的条件和机会——且不说机缘本身究竟包含着多少概率，起码，夏洛特可以不去反复进修、求职，安可以不去勉强做家庭教师，爱米丽更不必去做供全家一日三餐的主食面包，她们自然会有更多时间、精力、体力用于写作……无怪100年后，出自著名文人且有爵位之门的弗吉尼亚·伍尔夫想到她的前辈同性作家生活创作之艰辛，还在铮铮申辩着妇女应该拥有"自己的一间屋子"。

依次走过这些物是人非的房间，我在参观者中发现，有很多衣着独特得体，气度高雅不凡的女性，这比在其他各类展览馆中看到的多。大家交臂而过，含笑交流的目光中，似乎都有一种对勃朗特姐妹热爱与仰慕的共识。如今距伍尔夫争取一间屋子的岁月，又近100年了，这些女士不仅拥有自己的一间屋子，而且恐怕早有了整套的房子，也许比男士的还大，正在我身边的女友金，就是其中的一个。

岁末踏雪的造访，先参观了故居前面的圣麦克与众天使教堂。经历百余年的风雨，如今这里已大大改观，不过圣坛右侧墙角仍郑重保留着勃朗特一家的墓券，券门外左侧地上镶了一块黑色砖石，标明下面就是夏洛特和爱米丽的葬地。小妹安则是在东去海滨斯卡勃罗养病期间去世，就地殡葬。

夏洛特和爱米丽的名字在这块小小的块石上紧紧地挨在一起，就像她们在考文桥慈善学校和布鲁塞尔埃热太太的学校求学，紧紧挨在一起时一样。从与世隔绝的乡居进入社交，哪怕是最低等级、最小范围的，她们也那样腼腆、谦恭。生前，她们总是这样；身后，退隐在这块坚实、美丽的墓石下，可谓恰合她们的心性。批评家和诗人马修·阿诺德在夏洛特逝后立即赋诗吊唁，诗中有姐妹俩的坟墓中间芳草相连的意境，显然是因为并非亲临凭吊而套用了诗人浪漫想象的公式。不过，说实话，如果葬于露天，与芳草、山风、雨雪、日月、星辰、荒原、群山直面，确似更加符合两姐妹，尤其是爱米丽的身世和情趣，阿诺德对此也是这样辩解的。

走出教堂，漫步在它与牧师住宅背后深雪覆盖的原野，欣赏着夕阳将眼前一座孤丘的西南侧染成金黄，不禁想到希思克利夫这个名字。如果不是译音，按词义它应该是荒原巉岩啊。天空湛蓝，大气甘甜，这是一份多么难得的高朗、开阔、宁静与单纯！归途最后一瞥远方的草场、山坡、谷地的连天白雪，那是荒原的盛装，像勃朗特姐妹其人其文一样纯洁。秋季那次的归途，是翻山小路，大地棕、紫、绿杂错相间，像绘有抽象画的巨幅地毯，那是荒原的家常打扮，像三姐妹其人其文一样优美；近距离看那些穿行其间而过的古老农场和房舍，使人更可断定，画眉田庄和呼啸山庄绝非只有一两处原型；路经一片片平坦多风的盆地，一座座新式发电风车在雨雾中从容转动着翅翼，像荒原传说中的山精树魅——哈沃斯的民间传说和奇妙景物，正是爱米丽编织奇特浪漫情节的动力。这雄奇壮丽的荒原与群山，才是勃朗特姐

勃朗特姐妹故居门前立雪

妹生活和创作的那间大屋子。她们从童年开始就在这里手牵手漫步，日积月累，它所给予她们的亲切与灵感，为到此一游的瞬间过客所无法捕捉。

这三姐妹如电光石火般短暂而又奇特的生命天然、内省，像这荒原一样神秘，但缺少普通女人的社交、尊荣、爱情、婚姻、生育，对于将"做女人真好"的基点置于这些事物的人来说，是多么的不完美！而这三姐妹的生命与创造恰恰证明，生命中的得与失是一个恒定的常数，所得排除所失，就是一个完美，天然绿色的鱼与熊掌大多难以兼得。

尽管夏洛特比两个妹妹长寿了十年左右，这三姐妹都得算是岁寿不永；但她们又都死得安然，尤其是爱米丽与安。这也许正因为她们对自己一生之所得已经满足。在当今自我至高的现代人眼中，这也是匪夷所思；因此，一位据称为19世纪犯罪学家的先生，竟然编出哈沃斯勃朗特牧师住宅连环谋杀故事：新到任的副牧师骤然闯入三姐妹的生活，夏洛特在十个月中间先后毒杀了她的败家子弟弟和两个妹妹，自己的婚姻目的达到，又被丈夫毒杀，真比《呼啸山庄》的故事更为耸人听闻！固然，阿瑟·贝尔·尼克尔斯副牧师为男性、未婚；与爱米丽同庚，长于安两岁而晚于夏洛特两岁；到哈沃斯不久，三姐妹匿名出版的诗合集笔名都用了贝尔为姓……如此这般都是不容职业侦破家放过的蛛丝马迹，但是，从遗像可见，以尼克尔斯先生那副刻板尊容——且不论由此又可推测其个性大约也趋于乏味——是否真会一举牵动勃朗特姐妹的三颗芳心？即使这孤寂的姐妹天生强烈的激情难以自抑，饥不择食，夏洛特是否真忍心抛弃一往相依为命的手足深情，而采取如此阴毒卑劣的极端？……这一惊世假说的发现者，也像近年的不少反英雄、反历史的大发现者一样，究竟是明察秋毫，还是以小人之心度君子之腹？带着一连串问句，我告别了哈沃斯；在日后的专题中，容我再继续思考。

2001年6月

处处邂逅斯蒂文森

只有故人偶遇才算邂逅。他是久已作古的苏格兰作家，又怎能邂逅？其实，读书人有谁没在少时读过他的《金银宝岛》！与作家相识，通过作品足矣，何必非亲自谋面？我就是这样与斯蒂文森邂逅的。在爱丁堡，在美国，甚至还在萨摩亚……在语言艺术的王国里，他那么多才多艺：通俗而又精雅、深刻；严肃而又幽默、风趣；而且，生活和写作在100多年前，与现今的我们又那么易于相通。因此，虽然与他只是偶遇，却又真正令人沉迷。

先说去年在美国的两次邂逅。一次在拉斯维加斯。那是五光十色的高星级旅馆中，有一家叫"金银宝岛"。每天入夜，旅馆花园临街人造湖上，总有一场官兵与海盗"海战"的表演，届时枪炮齐鸣，硝烟弥漫，观者如堵，虽是全以商业为目的之街头娱乐，服装道具音响效果却很考究，演员也十分投入，颇能再现斯蒂文森原作中的气氛。在这座筹码如瀑布洪流般的世界最大赌城，这部小说却可用以广招顾客，其知名度之大，可见一斑。

再说在加利福尼亚的一次。美国朋友初迪携我们沿卡莫尔的"十七里风景线"观光，随后顺路驱车南下，到蒙特利寻访斯蒂文森故居。在这座西班牙移民建造发展的渔港小城，故居坐落市区南端，是一座宽大的粉白墙平顶二层楼房，房前临街有一株浓荫匝地的老树，屋后是开阔的花园。我们到达时已届闭馆，只能在房前屋后园中徘徊流连。隔窗张望室内，多是维多利亚时代家居的普通陈设。当初斯蒂文森的文学生涯，尚处艰涩初创，游历法国与芬妮·奥斯本太太相遇相知，年轻作家当即认定，这位年长他十岁、已有一双儿女的美国弃妇，就是他梦寐以求的红颜知己。日后她也果然成为激发斯蒂文森创作灵感的无穷动力。1878年秋芬妮回蒙特利尔与丈夫办理离婚手续，年轻作家不忍久别煎熬，接踵而至。他自幼体弱多病，经过这6000里11天大西洋波涛的颠簸，登陆后又成了作家自己所说的"移民票友"，乘移民列车到达加州，体力财力都消耗殆尽，已是奄奄一息，多亏芬妮精心调理，才死里逃生。不久斯蒂文森与芬妮在加州完婚，回苏格兰。可见在这幢貌不惊人的住宅里，不仅曾完成过斯蒂文森的传世之作，而且确实上演过一些令人神往的人间真情戏。回程中一路欣赏海岸边恣意婆娑翩跹的树木花草，远眺任性进退高蹈的层层白浪，更加确信这是符合斯蒂文森浪漫天性和写作、爱情生活的天地。

　　我更早地邂逅斯蒂文森是在爱丁堡。当时未抱任何对他的研究意图，但1994年正值他逝世百周年大庆，在他的故里城市随处可见隆重纪念标记。居停主人葛瑞斯特意带我们去看了他的出生地霍华德街八号，然后驱车奔弗斯河口附近南岸的赫茨客栈。斯蒂文森曾在这里居留数月，写出历史小说《绑架》。我们到达时，天气阴雨，弗斯河上著名的铁路公路两用大铁桥山丘状的铁架拱顶，笼罩在雨雾之中，更显雄浑壮伟，富有神秘威逼之气，无疑是触发作家灵感，构思惊

赫茨客栈

险传奇的上好所在。

在爱丁堡的苏格兰国立图书馆参观一处斯蒂文森展览后，手稿部的罗宾·史密斯女士立即赠给我们一份馆藏斯蒂文森资料索引，并附有几张作家最后岁月在萨摩亚生活、创作的照片。看着作家与芬妮在这远隔尘寰的南太平洋上悠闲随和的神情，我虽自身不在那遥远的海岛，却又再次感到了与他邂逅的满足。

在爱丁堡我还有一位同行好友苏珊·沙托。她出生在美国加州，来爱丁堡上大学取得博士学位后，就久居不归。她对我说过，她不喜欢自己家人那种开口闭口只讲钱的习惯。80年代我们初见时，她就介绍我认识了她的男友（如今已是她丈夫）克鲁克香克先生。苏珊的研究专题是狄更斯，克鲁克香克这个姓，恰与狄更斯小说主要插图画家之一同姓，不能说不是一种巧合。这位克鲁克香克先生是苏格兰美男子，事业有成的医生，又酷爱古物收藏。他第一次邀我去他家，还让我讲解了一下他的一件中国瓷水仙盆上的款识。1994年初秋到爱丁堡，葛瑞斯像1988年一样为我们举办了洗尘园会，我又在人群中见到了他。因为不久前刚刚动过胃切除手术，他的面孔异常清癯苍白，原本修长的身材也显得弱不禁风。星期天他和苏珊邀我和张扬到市北滨河一家新开张的法式餐厅午宴，我知道苏珊近年已将研究课题转向斯蒂文森，当时正在为不久将前去美国参加学术会议准备论文，席间便请她就最近研究谈谈对斯蒂文森的新见。

像一切谦虚严谨的学者一样，待友随和慷慨的苏珊突然认真起来，对我的一再请求连声说"不"。这时，克鲁克香克先生却开口了："她不说就让我来说两句——追溯起来，斯蒂文森是我的一位姨祖父，他的祖母和我的一位太曾祖母是姐妹……"两天后再到他家，他还特引我们看了他这位大曾祖母的肖像画，可以看出是位典型的19世纪盛装贵妇。

这次离开爱丁堡，是克鲁克香克开车送行。我们和他按当地习俗抱吻告别后，彼此凝视互道珍重，这时，我突然发现，他那张久病初愈的脸更加瘦长，鼻子更高，眼睛也更加锐利。想象中我又给他的上唇添了两撇胡子——这就是活脱脱一个斯蒂文森！真的，不仅面目酷肖，他对异国文物的雅好，他健康时携苏珊驾自己的游艇扬帆远航的豪兴，都那样地酷似自己的先祖；还有，斯蒂文森的妻子芬妮，虽非出生在美国加州，也得算是半个加州人，恰与苏珊同国同乡。这些偶然发现的巧合，真真令人难以置信！

1997年秋

泰晤士河畔的铭文

这里的美景举世无双，

谁对这动人的壮丽视而不见那必是心智愚顽。

这座城此时沐晨光之美，

恰似身披盛装。

船只、高塔、穹顶、剧场、寺院静穆明晰，

鳞次栉比直通田野，迳逼长天，

晴空纤尘不染，万物辉煌灿烂，

太阳从未如此美妙地将朝辉

洒向幽谷、丘阜、山岩，

我也从未见、从未知寂静如此深邃。

河水潺潺欢快惬意，

啊，这些屋宇仿佛都在沉睡，

整个这强大的心脏也正在安息。

每逢走过泰晤士河上著名的威斯敏斯特桥，心中总油然回荡起华兹华斯这首《威斯敏斯特桥抒怀》。1802年夏天，青年诗人携胞妹多萝茜赴法国，从伦敦搭驿车途经此桥时，有感而发，曾这样吟哦。提起华兹华斯的平易近人，用我们的白居易的家喻户晓，老妪能诵类比，恐不为过。可惜笔者心愚力拙，只能将他这首诗粗略翻版；愧歉之余，却又不禁怀疑，诗，确否能在真正的意义上迻译，而想到这也许正是在为自己的无能开脱，又不免愧歉倍增！

华兹华斯是湖畔派魁首，以现今"前卫"诗人、读者眼光观之，恐多少总有些许不屑。当初，他以"人们真正使用的语言"入诗，认为在田园生活中"人的情感与自然之美和恒久融为一体"，通过论诗和创作，向当时的英国诗坛送过一阵清新之风，虽难称"起八代之衰"，却也开创了一代风气之先，至今仍是不可忽略的英诗典范。他并非仅写湖区田园，这首咏威斯敏斯特桥一带伦敦街景的十四行诗，就是写通都大邑；不过当时这里尚未像随后的百余年那样，遭工业化的严重污染，清晨河边也有湖区那样的静谧纯净；当然，这也只有那类胸怀静谧纯净的人才易于发现、领受。

威斯敏斯特桥确是观景的好所在，因为它几乎正处市中心之中，当年华兹华斯兄妹路过时，这一带的设置还只是粗具规模。如今，诗人所乘驿车车轮滚过的那座石桥，早已拆弃重修，为现代化影剧场所取代的古老剧场，也早在岁月剥蚀和火灾中废圮。仅只沿河两岸，很多建筑就是上个世纪中期以后新建。议会大厦大笨钟下的包狄夏雕像和滑铁卢桥以西的克里奥帕特拉方尖碑，虽都以古罗马帝国治下的女君主为主题，但我却更喜欢包狄夏的那组人马群像，因为罗马人入主不列颠肆虐之时，这位女王不甘凌辱，率领自己的部族和友邦起而反抗，这组雕像，恰正反映了她那种不让须眉的勇猛、刚毅和尊贵，这与那位以红颜媚骨赢人的著名艳后，自然有别天壤。

　　工作之余的黄昏，华灯初上，信步闲游在这一带的岸边桥头，喧闹的车马，如织的游人，经暮色敷染，都大大减杀了浮嚣虚躁，心又会找回华兹华斯的那份闲适。不过匆匆而过的人，在这里得到的，主要是宏观的赏阅，是《清明上河图》式的长卷。如果细细搜寻，则会发现，这里确是一带连绵相接的露天博物馆群，即使脚下偶尔踏过的一方铺路石，可能都镌刻着些许历史的永恒。

　　就在从威斯敏斯特桥沿西岸向北漫步时，我在查灵十字防波堤墙上，偶然看到一块黑色浮雕饰板。一米见方，神龛形，正中偏上为一侧脸面头像。龛座上四行铭文是：

1836 W.S.吉尔伯特1911

　　戏剧家兼诗人

　　他的敌人是愚蠢

　　他的武器是机智

　　这就是那个有爵士衔的多才多艺剧作家！早年他在政府机关供职，曾尝试建筑设计、装饰艺术和绘画，以他作词的歌曲，在士兵、水手、律师、医生等界广为流行。他又在杂志上辟专栏发表滑稽诗，常自配插图；但他自称只是个"给作曲家插科打诨的诗人"。大约正是由于用机智武装自己，他才如此过谦地富有自知之明。19世纪70年代过后，他开始走向歌剧舞台，与音乐家阿瑟·塞默·沙利文爵士合作，创作了一系列吉尔伯特—沙利文歌剧，他的机智才有了更广阔的用武之地。沙利文是一位修养有素、声誉卓著的作曲家、指挥家和音乐教育家，他们二人的合作，可谓珠联璧合，相映成趣。他们那些作品，诸如《陪审团的审判》《忍耐姑娘》《米卡多》《威尼斯船夫》等，人物上至王公淑女，下至市井小民，个个鲜活真切，富有个性特征，而且剧情曲折谲巧，出人意料；语言明捷机智，音韵铿然，都是寓庄于谐，针砭时弊的喜歌剧，是在借鉴法国、意大利喜歌剧的同时，对英国，特别是伦敦人的幽默、滑稽、讽刺风格的发挥。在19世纪欧洲歌剧王国的盛世，英国的贡献本属寒酸，吉尔伯特—沙利文歌剧，则压住一方阵脚，作了小小补偿，而且对20世纪美、英音乐剧做过重要开导。

吉尔伯特的歌剧事业，曾为他带来财富，他用以修建的盖瑞克剧院，至今矗立在伦敦莱斯特广场附近的影剧院之林当中。他在哈罗镇的仿古住宅园圃，还曾是雉、狐的保护地。他厌恶血腥暴力，曾说，"如果只是鹿有猎枪，那么逐鹿游戏才会是一种有趣的运动呢"。他75岁辞世，是因为援救一位溺水的年轻女士而心脏病突然发作。看来，他还是位实业家，动物保护主义者和见义勇为者。今人对见义勇为，颇多愚贤不肖之争议。不知他的这一义举，究竟源于愚蠢，还是机智？

1998年8月12日

塔与诗人

　　将塔与诗人关联，最常说的是象牙之塔。那确是对脱离现实的最佳比喻。笔者孤陋，生平所见象牙之塔，只是微缩牙雕工艺品，大多源出印度。其实以象牙这种材质构筑足可容身的塔，其高贵也绝非凡人所能承受；尤其诗人，通常都穷。

　　我却登临过一座真正属于诗人的塔，取名为鹰。塔主是美国的鲁宾森·杰弗斯（1887—1962）。

　　鹰塔独立不依，悄然矗立在加利福尼亚卡莫尔湾迷人的风景线上。这里是名流别墅荟萃之地，其中包括我们的国画大师张大千的故居。

　　美国人把近海直称作洋（ocean），看来不无道理。他们的海底，大多没有很宽的大陆架与大陆坡，因此水深浪阔，直逼岸滩，少有缓冲，放眼望去，无边无涯。鹰塔就日夜俯临着这样的海洋。它是方锥形古堡式，平顶端上两个突角，像鹰俯冲时竖立的双翅，也像巨人高举的双臂。全塔都由巨大的圆砾石砌成，虽不过三四层楼高，却显得嵯峨突兀；但又绝对地古朴坚实，仿佛洪荒初辟即已落成。其实，它不过是20世纪20年代的产物，是诗人历时四载，一石一石地亲手堆砌，送给爱妻尤娜的礼物。他用石相当考究，除本地土产外，还有他从欧洲带回和各地朋友的馈赠；其中一块牢牢镶在塔的第二层旋梯平台墙角，标明来自中国的长城。

在美国现当代文坛，杰弗斯是个不大不小的诗人。一个匹兹堡圣经文学教授之子，自幼习古希腊、拉丁、希伯来等文字，曾随父母旅居欧洲，15岁入大学，不久随家迁居加州，从此将这里当做永久乡土。他18岁取得文学士学位，又在南加州和苏黎世习自然科学，25岁出版第一部诗集。加利福尼亚的海、山、岩石、天空、鹰隼、日月星、红松林、牧场、种马、男人、女人、家犬，是构成他诗歌的主要意象；但他不是狭义的乡土派和隐逸派，他的意象，具有鲜明的象征性，体现着他的宇宙观、自然观、社会观以及他对人与宇宙自然、人与社会关系的深刻思索。他以渺小的人和人的社会与浩瀚宇宙自然相对应，批判他的时代，痛斥战争，祈求和平，蔑视人的斤斤于一时功利。评论家说，他的作品所蕴含的力，可与希腊悲剧作家埃斯库罗斯和索福克勒斯媲美。但他又绝不泥古。从他的诗可见，他是具有科学、现代头脑

鲁宾森·杰弗斯的鹰塔

的人。他赋予原始神话和古典精神以全新的阐释；同时又保留了其神秘性。他的阐释，不是一种终结，而是一种新视角和新启迪。

攀登鹰塔可不是轻松之举，因为其中的旋梯几乎全是直上直下，而且狭隘，必须名副其实手足并用地攀爬。不过一旦到达塔顶，视野就豁然开朗。那日天气晴和，海面与人拉开了距离，更显海天碧透浑然无疆。层浪阵阵有规律地涨落吐纳，恰与人的呼吸脉搏应和——这正是杰弗斯诗中那种毫无做作的自然律动的原版。伫立塔顶，你会立即投入一种天人交融的心境，也才能更理解他那囊括环宇的胸怀和他当年登临时的怆然涕下。

有人说他是托马斯·哈代的知音。他那种立足乡土的基点、与石块打交道的经历以及对宇宙自然的贴近和领悟，确与哈代不无近似，而在他的住房，就是那所隔花园小径与鹰塔相望的家宅，内墙靠近天花板的地方，他曾亲手刻下了"1928年1月11日"——这是哈代的忌辰。

这所他终老其间的传统农舍式住宅，主要也是砾石砌成，名叫突石宅。正是在建造它的时候，诗人从建筑师那里学会了如何将砾石紧密接合。他在那首以此宅名为题的诗中称之为"使石头爱石头"。他视世间万物都富有灵性，而且潜力无穷。他那首最富象征性和神秘感的长诗《花斑马》中，那匹雄健桀骜的种马就是宇宙力的化身，曾与那个名叫加利福尼亚的土著混血女子交合。

他还曾写过这样一首有趣的诗：

临窗的床

我们盖房之时，

我选中楼下临窗的床做理想的尸床。

它虚席以待，

除去一年当中偶有来客一无用场，

客人也很难猜到我当初的设想。

我经常想到它，既不嫌弃，也不热切；

可谓好恶参半，分毫不爽，

以至彼此抵消，只剩单纯的兴趣。

我们完成了我们已完成的一切，

于是等耐心的魔鬼躲在礁石和天幕背后

顿蹀着棒子一再呼叫："来呀，杰弗斯"，

这听起来就会似音乐。

坐在这张床旁边的窗台上向外眺望，大海就在眼前自由搏动，松树也正在蔚蓝天空下婆娑，虽是瞬间过客，在此也会立即生出一种宁静可靠的归宿感。

归途，我手捧一本杰弗斯的诗集匆匆浏览，那些词章仿佛变得更易理解。回国后，每逢翻阅这些小书，不禁又要追味那次造访。我们确实不虚彼行：登他的塔，才能更懂他的诗；而读他的诗，也才能更懂他的塔。所以我最后的结论是：到大自然中去读诗，不管是为诗还是为自然。

1998年6月11—13日

再访那个奥斯卡

他的开始，是他的结束。

恕我拙效奥斯卡·王尔德式的机巧。所谓开始与结束，是指我有关他的行文。

我是从那篇巴黎拉雪兹神父墓园他的墓前写起。当时，面对他的墓碑，心潮澎湃。回家后，彼时所见，仍时时浮现眼前；写成文字，见诸报端，仍难以释怀：那个奥斯卡·王尔德，他至诚地向我们展露心扉，给成年和未成年人留下过诸多美好的乐趣，仅仅因为本只属于个人私癖之事，竟落得身败名裂，客死他乡。他怎么了？

他几乎是萧伯纳的同龄人，同样生在都柏林，同样离开本土在伦敦和欧美大陆寻得施展，同样以凯尔特族裔的文辞功夫而令人叹服艳羡，同样在戏剧舞台独领风骚，也同样程度有别地接触过社会主义；但是他们的生活道路和艺术实践，却真是大相径庭。带着这些好奇，我为自己创造了机会，在伦敦和都柏林走访萧伯纳的同时，也走访了王尔德。终于，仿佛是了却了离开巴黎拉兹神父墓园时生成的一宗心愿。

在都柏林城寻找那个叫奥斯卡的王尔德，几乎每次都令人心感其远在天边，蓦然回首，却又近在眼前，只要你把握住三一学院，在市中心之中心。这里以及英格兰的牛津莫德林学院，是他接受高等教育的地方。他出生之地，就在紧靠三一学院校园围墙东南段威斯特兰德道的一栋乔治式联排住宅内。街门右上侧有一块圆形带桂冠边饰的标牌，与墙面同为灰白色。从此地南行不过一二十分钟，就可找到市区西南最大的一座绿地公园，名莫润方广场。进公园，沿浓荫匝地苍苔斑驳的曲径走去，在园西北转角处，一尊粗面三角形巨石和石顶端一尊彩色雕像，赫然跃入视界。那人，一看就是那个奥斯卡。长形脸，中分披头短发，上装墨绿色镶紫红领头袖口，裤装、鞋袜都刻画得一丝不苟。他半倚半坐在这块石上，双腿一伸一支，双臂一垂一撑，浑身放松，面目明显带有嘲讽的微笑。

这就是那个奥斯卡！活灵活现、风流自赏、玩世不恭。

这是地近市中心区东南角一处僻静的公园，游人静静地来去，或二三为伴，或成群结队，驻足、观瞻、沉思。成年人仔细读与他隔小径相望的两块碑石上一段段铭文。在其中，我又读到了"我们都在一个沟槽里，但有的人仰望着星星"。

孩子们静听老师讲他那些凄美奇幻的童话、机巧谐谑的剧本，惊悚浪漫的小说以及他那昙花一现的人生悲剧。他们平静地悄声说着："他是同性恋。"

雨淅沥不停，将花木、小径还有这尊彩色雕像淋洒得如此洁净、鲜亮。这是爱尔兰有名的酒业大亨吉尼斯公司赞助制作、树立于1997年——他们为什么要将这尊纪念像置于此园？抬起头，隔着北墙上盛开的金黄色金盏花丛，你可以望见与像隔街的那处寓所，那也曾是王尔德早年幸福的家园。

我离开莫润方广场公园，横穿公园北街，径直奔到街西端把角处的这栋王尔德故居。这里是一栋比诞生地更加高

这就是那个奥斯卡！

大考究的三层宝塔式楼房，外墙面也是漂亮的灰白色。街窗边挂着两块圆形标牌，其中都柏林旅游局制的一块上书"诗人、戏剧家、机智大师王尔德"；另一块，更加醒目，姓名是"威廉·王尔德爵士、眼耳科医生、考古学家、人类学家、古物收藏家、传记作家、统计学家、博物学家、舆地学家、历史学家、民歌研究者"等等。这是王尔德的父亲。他生前主要只是赫赫有名的医生，身后，在统计学、文学等方面所做的贡献也得到社会认可。王尔德出生一年后，就和长他两岁的哥哥一起，随父母迁居至此，直到上都柏林三一学院和英格兰的牛津，这里始终是他的家。他父亲1876年去世后又过两年，母亲和他才放弃了这所住宅，定居伦敦。

如今沿这条街东行，仍然是私人诊所鳞次栉比。在王尔德的时代，更是名医荟萃的街段。他的父亲既是这样有技术专长的新兴贵族，其母也是离经叛道的女才子和社会活动家。作家王尔德生命的起点可谓不同凡响，而且他也确实秉承了先人的非凡素质，从求学时代开始，就崭露文采，赢得奖项，名噪校园。从1881年至1994年十余年间，诗歌、童话、小说、剧作，他尝试了文学的多种样式，每种样式中都推出了惊人之作。

伦敦西头切尔西泰特街上那栋高大气派的典型乔治式寓

所，又是王尔德母子的文艺沙龙，它鉴映了他短暂一生最辉煌的日子。每天，他从这里走出，去到不远摄政街上的"皇家咖啡"大楼以文会友，朗诵演说，佐以美酒佳肴，或在更近处的皇宫剧院呼朋引类，赏剧听歌，陶然于观众的掌声欢呼。居家，他将新写成的童话朗读给自己的两个幼子，他用精美的茶具餐具在幽雅的客厅餐厅款待宾朋。他身着时人视为华丽的服装，胸佩时新的鲜花招摇过市，旁若无人……

这种我行我素、恣意妄为的生活不过十年有余，连同他的文学生涯，以至健康，尽被瞬间止刹。他的仙境，像皂泡一样倏忽破灭。就在皇宫剧院近旁的旅馆、老贝雷（英国最高刑事法庭）、瑞丁（又译里丁）监狱以及其他几处监狱，他身陷缧绁过程中，一连串地方……不，寻访并不困难，百余年后的今天，多处尚留遗痕，但我不忍穷索。

雨中，站在皇宫剧院所处斯隆方广场，我的心又飞向海峡那边的巴黎。多年前令我心潮澎湃的拉雪兹神父墓园仿佛近在咫尺。我又看到了那座高大壮观，印满唇痕的墓碑。他在那里安息了，不断得到来人的护持。他是维多利亚时代的逆子贰臣。但是这个被聪明所误的奥斯卡，难道你就没有意识到，叛逆、颠覆，首先需要自身过人的修洁与坚强？你没有选择为更多民众支持的那种严肃的道路。你接过了为艺术而艺术的口号，言行一致地追求唯美，这种艺术创作上的探索本无可厚非，而且其执着也真令人感动并感染；但是，你以贵公子之身，从来锦衣玉食，继而少年成名，于是就将民族的与自身的某些特质超常发挥，以至放浪形骸，玩世不恭，以身试法，终于遭到那个虚伪、拘谨、刻板社会过度残酷的惩罚。

世人随时代而进的心渐趋宽容，如今只为他当日的一失足而成千古之恨而惋惜。当今的父母师长也许在向孩子们述说时，还会悄声告诫：才能和放纵是一对死敌。

事虽至此，我似乎仍有一桩未尽之事：我必须再去造访威斯敏斯特的诗人之角。在这座英国文学最高殿堂的东南纪念窗上，我找到了他的姓名，高高地镌刻在蓝色透明的玻璃窗上，像都柏林莫润公园墙角那块巨石上他的像一样，仿佛也在居高临下地俯视着、微笑着，使人忘了他狱中和临终的狼狈、凄惨。

去夏倦游归回不久，我见到北京某报一则消息：英国是年一项民意调查结果，奥斯卡·王尔德的大名荣登机智榜首，一些英国当红喜剧家、电视名嘴以至前首相丘吉尔、撒切尔夫人，都屈居其后。读后，更为之解颐。

2008年4月14—15日

在美妙的都柏林城

一、超尘印象

　　飞机冲出挟雨携风的乱云，开始享受蓝天。极目所见是一个硕大的穹隆，蓝色、透明，世间最美的颜色就是天的蓝色。此次在伦敦居停二周，雨天为主，虽为时雨时停，未成大患，也不碍出行。蓝天，却大多只在雨云隙罅处略窥一二碎片，不是此时高空中近在眼前的这种。身下是白云，深厚、纯净、一尘不染，常喻白云似棉絮、像羊毛，那是指形似。地球上早已没有像它们那样灿烂的物质，每次乘机高飞，这都是第一道最最赏心悦目的景观。在我们所赖以生存的这个星球，污染日甚的今天，白云已变得如此珍稀。

　　从伦敦到都柏林，行程不过一小时有余，轻微震动的机身预示了地面愈趋接近，身下的白云渐渐远去，我们又穿行在淡灰的雨云当中，透过稀薄处看下面的海，朦胧、神秘。接连几次更明显的震动过后，我们终于破云而出，清晰地看到了与天相接的海。远距离的海面泛着细微的皱纹，仿佛静止不动，间或有个小穿丁鱼似的游艇，划着白色的水线行进。霍然，黑绿色的陆地与灰蓝色的海接了头，我第一次看到了爱尔兰的地，构成都柏林湾的陆地！

飞机着陆前的一刹那，那陆地给我留下了难忘的印象。那是月牙形海湾北端候斯岬角。很难用词汇或比喻说清楚它的状貌，与地图上所标示明显的路海界限截然不同，这里的海岸线散乱无序，仿佛是狂草家酩酊中用秃笔挥出的几撇，或是大写意水墨画家反手挥出的大鸟被雨水淋透的翅羽。那些岬尖边角处不成方圆的零星小岛，则是艺术家蘸拓操笔无意间淋漓的墨迹。

超尘视点中的爱尔兰就是如此。地质家说，地处欧洲西北隅大西洋边陲的这座小岛整个就是一块大坚石，中央的石灰石由周边几条山脉包围，海岸线突兀、峥嵘，景色奇美。从高空俯瞥海岸和岛屿奇美景色这并非初次，特别是十年前从加拿大温哥华到其西温哥华岛上维多利亚市和三年前从澳大利亚悉尼到新西兰奥克兰市，都曾一饱如此印象难忘的眼福。

其实，每次乘机远行，我都像一个初闯世界的傻角，时不时盯着窗外出神。高空的视野与陆地确实大有差异，极易发人遐思。中国人自古早在不断探讨这种相对性的玄机，不然，为什么王之涣要"欲穷千里目，更上一层楼"，杜甫也觉出"会当凌绝顶，一览众山小"；而王守仁在他那首童诗中就明白了："山近月远觉月小，便道此山大如月，若人有眼大如天，才见山高月更阔。"古人，没坐过飞机，而且还是个孩子，能从普通常见事物中悟出此番道理，其日后的突出业绩建树，看来确有宿根。

飞机着陆瞬间一阵风驰电掣的俯冲，将我召回机舱内的现实，于是，我终于解开紧扣腹部的安全带，将目光投向自己的小行囊。

二、盛产作家

虽说高空看陆海景并非初次，但爱尔兰海与陆给人的印象仍有其只此一家的特色。那就是它们给我的那种神秘之感。一方面，这来自景物；另一方面，它存于吾心——心中怀着自幼谨记的一长串名字，而专有这些名字的小说家、散文家、诗人、戏剧家，就出自这个小岛国！

上溯300余年数起，先是那个头戴假发身穿法衣的斯威夫特——与《鲁宾森漂流记》的作者笛福齐名的《格列佛游记》的作者；他的同时代人是康克瑞夫（又译康克里夫），生于英格兰，但成名于爱尔兰，受教育于都柏林著名的学校及学院，是斯威夫特始终的同窗与好友，以自己的喜剧构成了爱尔兰—英格兰喜剧及讽刺文学不可取代的一环；其后，是斯梯尔、斯特恩、伯克、哥德斯密斯、谢瑞丹（又译里丹）等等各个精彩绝伦的散文家、小说家、诗人、戏剧家。到18世纪，又有人称英语历史小说第一人的艾治沃斯小姐，19世纪至今，又有格瑞高瑞（又译格里高里）夫人、乔治·莫尔、王尔德、伯纳德·肖（中国俗称萧伯纳）、叶芝、辛格、肖恩·奥凯西、乔伊斯、肖恩·奥法莱恩、贝克特、希尼，等等。在都柏林国立美术馆肖像画廊以及作家博物馆中，你可以重复看到他们的形象，男的、女的，老的、少的，胖的、瘦的，美的、丑的，各有各的生理与时代特征，各有各的奇妙经历和浪漫故事，这还没有将我所不熟悉的那些以爱尔兰民族语言写作的众多作家包括在内。

此次出行是双城游学，伦敦、都柏林各两周，目标本只锁定在王尔德、伯纳德·肖及斯威夫特等三位爱尔兰—英格兰作家，主要工作是继续寻访他们的遗踪，收集相关素材，用以补正我手头正在编写的一本散文集。另一附带但并非次要的任务，是躲热（"避暑"一词过于高雅、昂贵，不宜吾侪青衣小帽负笈独行者僭用），希图借岛国凉湿清爽的空气滋润愈合过缓的丧偶创伤。归来盘点，疗伤颇见功效，采风则超额完成，着实令人喜出望外；借此，也使疗效倍增。反思个中原因，则客观胜于主观，盖爱尔兰确为多产作家国，而且多集中于首都都柏林及其周边。因此寻访及采集的活动，都极其方便。这座远离欧陆的大西洋中小岛，幅员不过八万余平方公里（除去北爱尔兰部分，只有七万余平方公里），人口今天约380万，它所拥有作家的比例，则令许多泱泱而却昏昏大国不得不刮目相看。法国文学理论家泰纳的环境、种族决定之说虽被一些人视为机械，用来解释爱尔兰文学，则算是找到了恰如其分的例证。爱尔兰岛特殊的自然环境，爱尔兰人祖先凯尔特人冲动、多情、富于想象力和创造力的民族气质，都是这个小国文学产生、发展的重要基因。当然，泰纳这位具有健全科学头脑的哲学家也并未忽视过社会对文艺创作的重要参与。从爱尔兰1000多年的文学史来看，其初始时期口头传说之丰富，其被殖民时期多种文学形式之兴衰，其独立运动中及独立后文学成果之璀璨，都与社会的进退变迁具有千丝万缕、错综复杂一言难尽的关系。身为一个走马看花的游学者，我只能说，万花丛中，最吸引我眼球，并令我怦然心动，感慨系之，念念不忘的，是他们举国上下对自己的这份宝贵遗产和财富的珍重。仅以上述这些一流作家而论，斯人已逝，读者除了在大大小小的文学沙龙、展厅以及纸质或非纸质各种媒体继续与之交流，还可有机会与他们近距离接触：参观国立美术馆，你会发现有那样多作家的肖像画杂陈于政治、军事、科学等各界显贵人物之中；远足都柏林郊外放飞情思，你会在那些寂静美丽的海滨村镇发现乔伊斯曾经与另一位作家朋友高格替居住过的塔堡、伯纳德·肖的山腰村舍、贝克特的故乡；周末上午，你被大教堂悠扬的歌声所吸引，步入其中，又会看到斯威夫特和他的那位红颜知己的墓地……甚或你只是每日出行出访或浏览购物，偶然在热闹的街头巷尾公园绿地小憩，也许又会无意间坐在了乔伊斯街头塑像基座上他的足下，或是赫然看见王尔德面含讥诮、衣着花哨，半躺半倚在小石山前的彩塑；如果再专业化一层，你还可以参加市内定期定时的步行寻踪，或者单独去寻访王尔德、伯纳德·肖以及著名的吸血鬼故事《卓古拉》的作者布拉姆·斯托克的故居及其他遗踪。本来，都柏林旅游部还专门开设了一条"卓古拉"鬼域寻踪专线，想来一定十分刺激，鄙人为免独宿陌生逆旅夜做噩梦，而放弃了此一冒险。至于旅游都柏林几乎人人必访的三一学院，从校门外两侧的绿草坪开始，到老图书馆，到校园大楼内，随时可见哥德斯密斯、伯克、斯威夫特、王尔德、贝克特等这些名副其实精英校友的塑像；还有以他们的

三一学院的老图书馆

名字命名的场所。这座伟大的母校没有忘记任何一个曾成长于她那博大慈爱胸怀的学子。

三、作家之家

我所居停的小旅馆，地处利菲河北岸，正是闹市中心的边缘，每次出行，不过三五分钟，便可走到乔伊斯中心。稍稍变换方向，再行三五分钟，又可到达作家博物馆。中等规模，楼底层的两间大展厅，以20世纪前后为界，分别展出有关爱尔兰重要诗人、小说家、戏剧家的文字与图像的实物；楼上有一座漂亮的作家画廊，展出了精品作家画像及雕塑胸像，另有一间博物馆的藏书室。

这座博物馆坐落在美丽的帕内尔广场东北角，其建筑本是18世纪作品，出自名家之手的贵族私宅，两三百年间，随了时代更迭，也是几易其主，从有勋爵头衔的显贵及其子孙始，几经装修、改造，到19世纪末至20世纪初落在富商之手，至1914年转为公有，先成为市立一所学校校址，后于1991年才作为作家博物馆正式开放。如今，在那些扩建部分的廊、室，又有现时画家和儿童画家的作品不断更换展出。

一座规模并不宏大的古建筑的更迭变换，也是岁月沧桑的一段缩影。而且，在浏览这些爱尔兰文学方面巨人的展品之余，从展品中包含的绘画、雕塑以及室内的天花板、彩玻璃、门扉等的彩绘及装饰，也像在这个城市的美术馆、博物馆一样，可以领会爱尔兰人在文学之外其他领域中的艺术天赋。

作家博物馆的西邻联排，就是作家中心，建筑风格与博物馆大致相同。来访者只要先按门铃，面对对讲器自报家门，里面的接待员即会遥控开启大门。中心的底层，主体是一间接待、办公兼用的宽敞厅堂，沿墙直达屋顶的书架，摆满了爱尔兰作家作品、传记、评论，开架借阅，限在当地阅读。阅览室是与这间大厅相连、面对街景的一间大屋子，窗明几净，大大小小的方桌都是带棋盘格的象棋桌，沿墙四周摆放着应时期刊以及爱尔兰文学界各种聚会活动信息的传单，楼上则有大小几间聚会厅、室。显然，这里正是方便作家阅读、休闲、写作、交流、聚会的作家之家。我身为一个临时闯入者，既未事先联系约会，又无任何身份证明之类文件，仅以三言两语自我介绍即被热情接纳，多次到此便捷地自由取阅他们的图书，或者只是稍作休憩；特别是在长久漫步街头，肢体疲累或忽降急雨的时候，这里还确真也成了我这个异国偶然来访之作家的家。

在作家中心逗留期间，我还临时应邀参加了一次他们的诗歌朗诵会，通常在每月某个星期五举行一次，是一种同时为新兴或成名诗人提供的展示讲坛。7月20日我参加的一次，主客是叫艾顿·如内的爱尔兰诗人，出生于1965年，屡获爱尔兰著名企业商家群众团体赞助的奖金而渐获文名，在美国教授英语及法语已20年。那天有雨，听众约四五十人，大约专业与业余者各半。先由诗人朗诵自己新作，后有听众发言讨论，全过程不过一小时左右。我因事先未做准备，现场又没有配合朗诵的文本，诗人又多少带有爱尔兰口音，听来实在难以逐字逐句了解，只能从通篇以及他的音调语气大致感受到诗段中那种以柴米油盐、书笔纸墨等平凡俗物入诗所表达的恬淡与幽默。朗诵及听众发言结束后，是照例的"外出午餐"。这是参与作家相约到中心之外富有情趣的餐馆餐饮间交流、联谊的机会。整个这种文学沙龙式集会在中心楼上的朗诵与讨论部分，是免费性质；在饭馆的聚餐则需自掏腰包，男女都是正装而入，每人包括酒水，总共大约需要50欧元以上，这与我身为中国作家及学者生平劳作报酬之比，毕竟过于悬殊，因此我在听过朗诵之后，回避了这一既可享口福之乐，又可得交友益智之利的活动。确实，每次出境游学，遇到此类场合，我总要有所权衡，从严把关，而只偶一为之。

如果说在作家中心那次听当代诗人朗诵未能尽兴，在利菲河南岸市心之心著名的国立图书馆内叶芝生平创作展中，却令我感官全面愉悦，大获补偿。

地点在国立图书馆底层楼的馆内主要展览厅。一间并不十分宽大的厅室内，沿墙两侧以活动隔板界成若干小隔间，各间自有主题，包括叶芝生平、受教育、交友处世、文学活动及主要成就各个方面。展品包括图片、手迹、遗物原件。其中安置的屏幕滚动映放出的图像和所有资料都为图书馆多年精心收集并珍藏。就在展室入出口内尽头，留出一大块空间，中立三块相连的屏风式大幕，中间一块反复滚动播映叶芝诗选的诗行，配以画外有声朗诵；两侧各一的屏幕上，则随诗行上下推移，不断幻化、映出与诗句内容相应的爱尔兰风光图片。三块大屏幕前相距约四米的地方，安放了柔软的条凳（每间小隔间小屏幕的下首也都设有类似的小条椅），我在这条舒适的长凳上，静坐良久，全身心放松之中，尽情享受这活生生的诗与画，第一次领会了叶芝的美妙；而且很难说清，究竟是屏幕上爱尔兰的山水让我更加喜爱叶芝的诗，还是叶芝的诗让我更加喜爱爱尔兰的山水。

听这里的朗诵，虽然不见朗诵者或诗人其人，但是它既伴有侧屏上的美妙画面，自然易使人随诗语入境，有时似乎比直观朗诵或诗人本人表情与肢体动作效果更佳；再者，这些又都是署名朗诵者，素养深厚，善于把握诗情，不虚矫作态，不带"演员腔"；再加上他们那种爱尔兰海岛居民天赋的像海风一样刚柔相济的音质，听来更加顺耳。

四、美妙的城

在美妙的都柏林城，
那儿的姑娘真漂亮！
我第一眼看见甜莫莉·马隆，
她就是推着她的小推车，
穿过大街和小巷，

吆喝着鸟贝嘞，贻贝嘞，活的嘞，活的！
活的嘞，活的！活的嘞，活的！
吆喝着鸟贝嘞，贻贝嘞，活的嘞，活的！

她原来是卖鱼的小贩，
真就是一点也不稀罕。
因为她爹妈从前也一样，
他们各推着各的小推车，
穿过大街和小巷，
吆喝着鸟贝嘞，贻贝嘞！活的嘞，活的！
（副歌同前）

她得了场热病就死了，
谁也没法把她救活。
这就是甜莫莉·马隆的收场！
可是她的魂儿还推着她的小推车，
穿过大街和小巷，
吆喝着鸟贝嘞，贻贝嘞！活的嘞，活的！
（副歌同前）

这是一首广为流传的爱尔兰老歌，曲调为中板，不紧不慢地唱着一个贫寒美丽的都柏林姑娘的悲惨命运，听起来令人感伤。我最喜欢每段后面重复着的副歌：

活的嘞——活的嘞！活的嘞——活的！

吮喝着鸟贝嘞，贻贝嘞，活的嘞——活的！

曲调悠扬婉转，反复吟唱着"活"字，与这个活泼美丽姑娘的"死"形成明显冲撞，流露出对青春与美消亡的惋惜。如今，我在这座经常细雨缠绵的城市漫步，酒吧、饭馆、商场中飘出的流行音乐不绝于耳，胸中却不时回荡着这首小曲。脚步踏上都柏林街道的第一天，就与这首歌第一句"在美妙的都柏林城"合上了节拍。

这是一座十分适于徒步旅游的城市。城市中心，是沿那条小小的利菲河构建，河南城市正中偏西一带，所谓老城，是城市的发源地，七八百年的老城堡、古城墙遗址犹存；教堂区的大教堂，历史近千年至两三百年不等，至今维护完好；其余一些两三百年的校园、博物馆、银行、海关、图书馆大厦、乔治王朝时代的住宅以至声冠全球的吉尼斯酿酒厂的老酒库，坐落在市中心各个街区、广场，更是风采依旧；就连那两条称为红线、绿线的有轨电车，至今都似在快乐地顺畅运行。路轨依旧，车身则是光洁优雅轻便舒适的时尚型，这也是这座城市中传统与现代自然亲和的一例。在西欧发达国家中，爱尔兰是后起之秀。她的快速赶超富强之国，其实不过只在近30年间加入欧盟之后。如今，不论漫步都柏林街头，还是走出市区，在乡村和外地的城市徜徉，从新建的高楼大厦、厂房住宅，到处可见她发展的脚步。但是在她的人民一张张热情、甚至是激情洋溢的脸上，你看不到虚矫之气。他们在与陌生的旅游者交谈中，显现的是踏实、务实，特别是在他们谈到自己的城市和种种古老传统的时候，你能体会出，就像他们对待自己拥有的那些世界级的作家一样，他们以自己特有的骄人传统而自豪，也懂得怎样以实际作为珍爱这些传统。吾国聪明而有教养的祖先早懂得敝帚自珍，更何况那些更值得珍惜的精品！

这座城市的结构，虽然规模有限，而且也像通常西方的现代化大都市一样，少有我们那种横平竖直的街区布局，但却不像在西方大都会那样易于迷路。这首先应归因于寻访场所集中，尤其是中心区，真可谓三步一景、五步一所，令人目不暇接。有时，匆匆赶赴某处，心身专注于远方，蓦然回首，却见目的地已落在身后；其次，也许是更为重要的原因，还是爱尔兰人的热情好客。

独行于陌生城镇，仅凭一己一纸，按图索"迹"，难免有时力不从心，然而只要你认清是本地人而开口问道，这些先生女士，不论老少总要尽力帮你找到方向。他们大多是匆匆赶路者，但往往不仅驻步指点去路，而且要带你拐弯抹角走上一程，知道你所找寻的地点已遥遥在望，方肯罢休。我寻访的有些专业性文化景点比较偏僻，本地人也不甚了了，但他会掏出手机，替你咨询交通指导中心。

这种尽心尽力的待客之道，其实从我初次踏上都柏林的街道即已领教。那天，乘机场大巴到达市心，我预定的旅馆虽然近在咫尺，来往逡巡，总不得其门而入。当时已过黄昏，天上下着细雨，路上行人稀少，恰巧有一对年轻女孩迎面而来，对我说的地址，她们也不甚了了，但立刻替我询问沿街旅舍，终于将我应径去的方向、经过的横路数目以及转弯处的红绿灯标志都交代得清清楚楚，然后才欣然离去。

到达都柏林后的第一个星期天，我曾去都柏林海湾南端道奇古镇，寻访伯纳德·肖故宅。走出火车站一路左顾右盼中间，问到一位老先生，他本来已为我遥指出对面半山上的具体位置，却又索性开车把我送到山上，盘旋直抵门前，留下自己的名片，才匆匆离去。读名片，知其为都柏林城内建筑设计师，一家公司的总经理。送我一路上山时他说自己生长此地，儿时常与小伙伴到此山玩耍，对肖的故居十分熟悉。"那时候可没有汽车呀！"附带的这句感慨让我听出了一个质朴之人的沧桑之叹，而且也颇生感慨。只有那种衣食丰足之后而不忘过去的人，才更富于同情和体贴，也才更乐于助人。在都柏林的街头巷尾厅堂店舍，随处可见这种满面春风、古道热肠活生生的现当代人，他们助人，并非勉强，而且是无为（读去声）而为，大约不仅因为他们身上流淌着凯尔特祖先的热血，而且，像我在道奇古镇偶遇的那位老先生一样，拥有一份沧桑之念。这就是我从那些为我指路、带路或仅仅擦肩而过的都柏林人发之于心的笑容中"读"（按我的保守习惯应只用"悟"）出的"密码"（按我的保守习惯，顶多用个"秘密"）。

我心目中往日这个寡民小国的爱尔兰，至今我对其知之甚少：我只知其由贫弱变富强，只不过在近30余年历史长河的须臾之间；只知其国富强而民亦富强，它成了欧盟国家中国民收入最高的国家之一，也是社会治安最好的国家之一。随便借问普通的爱尔兰人，他（她）们也说，这是国家执行恰当的经济、政治、文化、教育诸方面制度福利政策的结果。多么简单又多么复杂！很惭愧和抱歉，吾非经济家、政治家或其他家，无颜就此高谈阔论——哪怕仅只一二！

身为已逾古稀而却与文与艺结缘的孤寡老人，我还是喜欢絮谈他们那些作家精英、美妙山川；尤其是作家，我还将择其中为吾所偏爱者一二，另文赘述。不过，另有一点非分之事，就是行文至此时此刻，我心中又荡起的那首"莫莉·马隆"之歌。这个夏季，我独自徜徉在都柏林的大街小巷，这首咏叹都柏林一个美丽、贫穷、早夭的女孩儿的歌，不时荡于胸次，但却再也找不到她，甚至她的鬼影。如今，那些衣食无虞，可以在学龄好好上学，可以在走出校门后选择谋生之路的快乐女孩以及她们的家人朋友怎能还绷住自己那发自内心的微笑呢？

再写一段蛇足的结尾：在都柏林繁华得如同北京王府井或前门大栅栏的格瑞夫屯街首，我不止一次地遇到过一个实实在在的莫莉·马隆——一尊真人大小的全黑雕像，身旁还有她那辆双轮手推车，每次路过，都看到那里游客麇集，与她合影留念。是呀！如今，她看着比她的父辈、祖辈幸福快乐多得多的同胞，心中会多么快慰。大约也正因如此，她的魂魄也早安心而无需再长街漫游叫卖了。唯一一点令我感到可惜的是，这尊莫莉的现代版雕像，不是我心中那个莫莉的模样。从面相看，年龄大约比当初的她长出十几岁，而且并不甜美；从服饰看，穿的是礼服式的长裙，不是普通穷人家女孩简朴的衣裙，而且，胸前领口开得如此之低，其暴露程度于《满城尽带黄金甲》中那几位后宫后妃有过之而无不及。这是否也是爱尔兰时髦艺术家一桩颠覆成果？我不懂，以此请教写作之际恰巧正在北京办展、驾临寒舍的爱尔兰女艺术家朋友费昂，她匆匆间无暇长谈，大意则与敝见苟同。

2007年9月29日

皓首天涯任翱游

以科学宇宙观论，天涯当是夸张修辞字眼，常与非常事连用：为政事所迫亡命天涯，为情爱所动天涯海角觅知音……今日科技高发达，翱游太空虽尚未成大众行为，乘机直上碧空，则转瞬天涯在即。吾侪早岁，有幸得此良机者几何？仅于一国一省范围内远行，亦多为匆匆出差，悄然顺道寻幽揽胜，结伴也只听凭偶然，亲属情侣往往难得共享此乐。迈出国门，则更为寻常百姓所未敢奢望；如身不由己生而母胎误投或冒犯某种戒律，去国则更难于登天。

我初次海外远游，在20世纪80年代末叶，是为高级交换学者访英。向来仅从书本认知而且已亲手将其转换为自己母语文字的语言、人物、山河、动物、草木、街衢、屋宇、车船、绘画、珍玩……陡然实在并贴近起来，真是奇妙异常，无异于梦想成真。既然机遇难得，自知格外珍惜，公干之余，总竭力漫游、观览，犹如一块干瘪僵硬的海绵，贪婪地吸收着水分。那有别太平洋水系的海湖河瀑，那迥异帕米尔山系的峰峦丘原，那异国异族异调的文化风习，都令人愕然、陶然。

不过远涉重洋独自离家，由本土芸芸众生之一员骤成异域人眼中的"外国人"，那种special（与众不同）招来的兴趣与好奇，虽也能促生几分自我意识，但每欲用母语表达复杂细腻感受而无人倾听，每思家常饭食小吃而无处可寻，孤独之感便悄然袭上；尤其夏日黄昏在泰晤士河畔，徜徉各国游人当中，从肤色、形貌、语言、气质可辨其所属北美、拉丁、南非、中东、印巴、日本，及我国港台地区，三两结伴，青年为同学、朋友，男女为情侣、夫妻，老中青为家庭、亲属，如我之形影相吊，则十不遇一。落日后徐风扑面，送来温馨，与故园无异，时时挂在心头的老父和正在代我悉心侍奉老父的丈夫立时浮现眼前。彼时彼刻，我心中不禁立下小小誓愿：来日定要与他俩重游此地！

归来弹指数载，老父仙逝，遗我与张扬在学识资财上又都小有积蓄，趁开会、讲学之机，先后共赴欧美，果然携游了泰晤士河，在日落黄昏也在骄阳当空。

好神游者单骑走天下，有更多时与山川对话，或可捕捉更多灵感，但总难比二人彼此照应，随时交流，互励共勉。同乘车船飞机度日过夜，共赴厅厦名胜开会观览，周围人景生疏，身边与你朝夕相伴亲密无间的那一个，似也染上了一丝生疏；而那些原本生疏的景与人，却反添了些许亲切。这既亲又疏之感，真是妙不可言！仿佛整个家屋庭园都在随你出行。无怪苏格兰那位作家斯蒂文森说，在野外和自己所爱的人一起，是最美妙的生活。二人力量，总强似一人，途中更便于关心帮助他人，不像独行，无论愿否，总以接受他人关照居多。我俩虽已逾六七旬，夏在泰晤士河畔、加利福尼亚海滩，秋在科罗拉多大峡谷、密西西比河上，冬在爱丁堡、苏格兰山林，我们也像年轻人一样好奇、热心、精神抖擞，而且——同情独游者，常在微笑致意同时，心中用他们不懂的汉语说："下次请带你家人同游。"

1999年辞旧迎新之际

补记：

星月更迭，春秋代序，世事变迁如此神奇而又残忍！在此期间，我与张扬，我跨洋漫游最佳搭档和人生旅途最亲侣伴又重游或初访了英格兰、苏格兰、威尔士、瑞士、意大利、法国、荷兰、比利时、澳大利亚、新西兰以及我国最美的一些境界九寨沟、山东半岛沿海和黄山；那些读书与行路交合孕育的孩子——我们的著述与译作，又相继出生了数种。年老竟也不知愁滋味：我们依旧像小孩儿一样陶然于自己的行旅与生旅之中。

无奈欢乐与美处于茫茫无限时空之中总是短暂，在那个残酷的夏夜，他竟骤然撒手别去！我只信这是暂别，不过是他先我走向另一个世界，去和他的还有我的父母相聚。

近年来，我日夜蜗蜗而行，一步步完成着这未竟的途程。孤独是最慷慨的朋友，它伴我深入金字塔的心脏，畅游奥地利的乐海，追索爱尔兰的诗魂……旅次，我且行且思，一如既往，不，是倍加辛苦地掇拾，以备能在与他们重逢的一刻即有所芹献；或许，尚可权作对我所爱的后人们一点菲薄遗赠。

2012年4月28日修定

本色文丛

（柳鸣九主编　海天出版社出版）

《往事新编》许渊冲 / 著

《信步闲庭》叶廷芳 / 著

《岁月几缕丝》刘再复 / 著

《子在川上》柳鸣九 / 著

《榆斋弦音》张玲／著

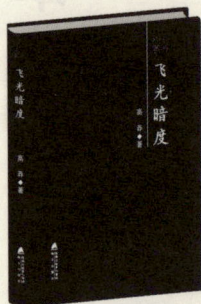

《飞光暗度》高莽／著

《奇异的音乐》屠岸／著

《长河流月去无声》蓝英年／著